btb

Aus Freude am Lesen

btb

Buch

Gelehrte wie Nikolaus Kopernikus, Galileo Galilei oder Martin Luther leiten eine neue Epoche ein: Althergebrachtes wird in Frage gestellt, neue Erkenntnisse werden formuliert. Weder Scheiterhaufen noch Schwert können das neue Denken aufhalten. Heiter, leichtfüßig und mit aufklärerischem Biss öffnet De Crescenzo den Blick in eine der aufregendsten Epochen der Weltgeschichte und lädt zu einer Entdeckungsreise in die Zeit, in der sich das Denken befreite und die Menschen aus ihrem mittelalterlichen Weltbild hinaustraten.

Autor

Luciano De Crescenzo wurde 1928 in Neapel geboren. Er arbeitete als Ingenieur bei IBM, bevor er seine Liebe zur Philosophie und sein schriftstellerisches Talent entdeckte. Seine Bücher wurden allesamt internationale Bestseller.

Luciano De Crescenzo bei btb

Als Männer noch Helden sein durften. Antike Mythen neu erzählt (72151)
Das Urteil des Paris. Antike Mythen neu erzählt (72153)
Alles fließt, sagt Heraklit (72165)
Der Listenreiche. Roman (72634)
Und ewig lockt das Weib (72680)
Die Zeit und das Glück (72963)
Mein Doppelgänger und ich (73032)
Bellavista und die Liebe. Roman (73091)
Kleine Geschichte der mittelalterlichen Philosophie (73273)

Luciano De Crescenzo

Und sie bewegt sich doch

Die Anfänge des modernen Denkens – von Nikolaus von Kues bis Galileo Galilei

Deutsch von Bruno Genzler

btb

Die italienische Originalausgabe erschien 2003 unter dem Titel »Storia della filosofie moderna. Da Niccolò Cusano a Galileo Galilei« bei Arnoldo Mondadori Editore, Milano.

FSC
Mixed Sources
Product group from well-managed forests and other controlled sources
Cert no. GFA-COC-1223
www.fsc.org
© 1996 Forest Stewardship Council

Verlagsgruppe Random House FSC-DEU-0100
Das FSC-zertifizierte Papier *Munken Print* für Taschenbücher aus dem btb Verlag liefert Arctic Paper Munkedals AB, Schweden.

1. Auflage
Genehmigte Taschenbuchausgabe Juni 2006,
btb Verlag in der Verlagsgruppe Random House GmbH, München

Umschlaggestaltung: Design Team München
Umschlagmotiv: corbis
Satz: Filmsatz Schröter, München
Druck und Einband: Clausen & Bosse, Leck
EM · Herstellung: AW
Printed in Germany
ISBN-10: 3-442-73485-1
ISBN-13: 978-3-442-73485-6

www.btb-verlag.de

Inhalt

Sich über die Philosophie lustig machen,
das heißt in Wahrheit philosophieren.

BLAISE PASCAL, «*Pensées*», Aphor. 4

Vorbetrachtung

Wenn von «Revolution» die Rede ist, denkt man aus irgendeinem Grund sogleich an das Ende des 18. oder den Beginn des 20. Jahrhunderts, also an die erste französische oder die russische Oktoberrevolution, nie, aber wirklich nie jedoch an die Geschehnisse des 15. und 16. Jahrhunderts. Dabei trugen sich die einschneidendsten Umwälzungen eben zu jener Zeit zu. Wahllos, so wie sie mir in den Sinn kommen, seien hier die wichtigsten kulturellen Bereiche und die Persönlichkeiten, die für sie stehen, genannt: die Philosophie mit Marsilio Ficino und Francis Bacon, die Geographie mit Christoph Kolumbus und Amerigo Vespucci, die Astronomie mit Kopernikus, Tycho Brahe, Kepler und Galilei, die Politik mit Machiavelli und Guicciardini, die Kunst mit Leonardo da Vinci, Raffael und Michelangelo, die Religion mit Martin Luther, Zwingli und Calvin, oder die Entdeckung der Perspektive durch Brunelleschi und Leon Battista Alberti sowie die Erfindung des Buchdrucks durch Johannes Gutenberg. Dazu wer weiß wie viele andere mehr, die mir jetzt gerade nicht einfallen. Kurz, es ist all das, was unter den Bezeichnungen Humanismus und Renaissance in die Geschichte einging.

Manche verstehen unter Humanismus eine historische Epoche, die im 15. Jahrhundert ihren Ausgang nahm, jene Zeit also, als man die römischen und griechischen Klassiker wiederentdeckte und zu neuer Geltung brachte. Andere hingegen die Bestrebungen, den Menschen an sich in den Mittelpunkt des Interesses zu rücken. Ging es für die einen darum, wieder in Erinnerung zu rufen, was Sokrates, Platon, Aristoteles, Cicero, Tacitus, Seneca und so weiter gesagt hatten, so mühten sich die anderen, Gott ein wenig zur Seite zu schieben, um für den Menschen und seinen Erfindungsgeist Platz zu schaffen. Nicht zufällig erschien ja in jenen Jahren Pico della Mirandolas berühmtes Werk mit dem bezeichnenden Titel: *De hominis dignitate (Über die Würde des Menschen).*

Lautete das Motto des Mittelalters noch «Wir sind zum Leiden geboren» (abgeleitet vom Bild des Menschen als «Pilger in einem Tal der Tränen»), so galt nun in der Renaissance eine Zeile aus einem berühmten Gedicht Lorenzo de' Medicis, in dem es heißt: *Chi vuol esser lieto, sia,* «Wer glücklich sein will, der sei es» (abgeleitet von der Aufforderung des Horaz, *carpe diem,* «nutze den Tag»), und das sagt schon alles über die enorme Diskrepanz zwischen diesen beiden Epochen. Erasmus von Rotterdam gestand einmal einem Freund in einem Brief, dass er des Lebens müde sei; er schreibt: «*Nun, da ich das fünfzigste Lebensjahr erreicht habe, glaube ich, lange genug gelebt zu haben. Dennoch würde ich gerne noch einmal jung sein, wenigstens für einige Jahre, denn um mich herum sehe ich ein goldenes Zeitalter aufblühen.*» In der Tat wandten sich die Menschen nun wieder mehr den schönen Dingen des Lebens zu, Vergnügungen, Kultur, Spiel und Spaziergängen mit Freunden. Anfangs verhielt sich das Individuum vielleicht noch ein wenig schüchtern und unbeholfen, doch mit den Jahren begann es, immer mehr mit dem eigenen Kopf zu denken, und entwickelte sich, wie der niederländische Historiker Johann Huizinga es nennt, zu einem «schönen Spielzeug in der Hand Gottes».

Bis zu jener Zeit waren Geistliche, Mönche und Priester, die Einzigen, die lesen und schreiben konnten. Das heißt, sie lasen nicht nur die Messe, sondern fungierten auch als Arzt, Psychotherapeut, Apotheker und so weiter, nur nicht als Naturwissenschaftler, weil nämlich die exakten Wissenschaften bei den Kirchenoberen nicht gut gelitten waren. Nun jedoch vollzog sich, gekoppelt an die kulturelle Revolution, eine soziale Umwälzung. Ins Rampenlicht rückten auch die ärmsten Gesellschaftsschichten, also die der Bauern, kleinen Handwerker und Arbeiter. Die ersten Manufakturen entstanden, so etwa in der Textil-, Metall- oder Glasverarbeitung. Ganz zu schweigen von den Fortschritten im Bauwesen und im Schiffsbau. An den Schulen und Universitäten schließlich setzte sich die *disputatio* durch, also die Möglichkeit für die Studenten, die Worte ihres *Magisters* in Zweifel zu ziehen und diese Zweifel, was am wichtigsten war, auch ganz offen zu äußern.

Zu jener Zeit gab es in Italien fünf Mächte, die die Geschicke der Halbinsel bestimmten: das Königreich Neapel, Venedig, Mailand, Florenz und die Kirche. Letztere hatte nicht nur innerhalb der vatikanischen Mauern das Sagen, sondern herrschte über ein weites Gebiet, das Latium, die Marken, einen Teil der Emilia, die Romagna und Umbrien umfasste. Die anderen Fürstenhöfe, angefangen bei denen der Medici in Florenz und der Sforza in Mailand, mussten den Papst auch als weltlichen Herrscher immer auf der Rechnung haben und bekamen dessen Macht zunehmend zu spüren. Im finsteren Mittelalter hatte der Glaube die Vernunft noch klar abgehängt und mindestens zwei zu eins geschlagen. Damals führte der vorgeschriebene Weg für einen Katholiken von der Kirche nach Hause und vom Zuhause zur Kirche, und wehe, man wich auch nur einen Meter davon ab. Doch in Neapel sagt man: «*Dalli e dalli, si scassano pure i metalli*», was so viel wie «steter Tropfen höhlt den Stein» bedeutet, und so gelang es der Vernunft eines schönen Tages, den Ausgleich zu erzielen. Und die Vorlage dazu kam von Nikolaus von Kues.

I

Nikolaus von Kues

Nikolaus von Kues, oder Nikolaus Cusanus, kam im Jahr 1401 in Kues an der Mosel zur Welt. Als er herangewachsen war, wurde ihm bewusst, dass er einen unaussprechlichen Namen hatte: Chrypffs, Kreybs oder Khrayfs, etwas in der Art. Und so beschloss er, sich fortan, zu Ehren seiner Vaterstadt Kues, Cusanus zu nennen. Zunächst studierte er in Deventer, dann in Heidelberg und schließlich in Padua, wo er sein Juraexamen ablegte. Doch sein erster Prozess als Anwalt hätte ihm nicht gründlicher danebengehen können: Sein Mandant wurde zu einer noch höheren Strafe verurteilt, als sie die Anklagevertretung gefordert hatte, und das war Cusanus Anlass genug, seinen Beruf zu wechseln.

Er wandte sich der Theologie zu, die ohnehin seine erste und wahre Liebe war. Nach der Priesterweihe begann er, wie zu jener Zeit Brauch, in «italienischen Kreisen» zu verkehren, von denen er sicher angenommen hatte, dass es dort weniger streng als bei seinen deutschen Landsleuten zuging. Aber damit lag er falsch: Er musste feststellen, dass die Italiener sogar noch taffer waren. Als junger Mann schrieb er zahlreiche Bücher, darunter *Der Unwissende, De pace fidei (Über den Frieden im Glauben), De visione Dei (Vom Sehen Gottes)* und eine Abhandlung mit dem Titel *De ludo globi (Vom Kugelspiel)*.

Mit gerade mal dreißig Jahren nahm er am Baseler Konzil

teil, wo er bald schon durch seine scharfsinnigen Beiträge auf sich aufmerksam machte. Nun muss man wissen, dass Konzilsteilnehmer zu jener Zeit zu allem Möglichen fähig waren, nur zu einem nicht: zur Versöhnung*. Und auch in Basel formierten sich sogleich zwei Parteien, die hochgerüstet gegeneinander antraten: auf der einen Seite die, die im Papst einen Monarchen mit absoluter Machtfülle sahen, und auf der anderen jene, die auf einer zumindest beratenden Funktion der anderen Kirchenmitglieder bestanden. Zu diesen gehörte auch Nikolaus von Kues, und er ließ nichts unversucht, um zwischen den gegensätzlichen Positionen zu vermitteln. Bis er sich eines schlimmen Tages dann, nachdem er öffentlich geäußert hatte, Gott und das Universum seien ein und dasselbe, weil ja beide unendlich seien, eine saubere Anklage wegen Pantheismus einfing und ein paar Jährchen hinter Schloss und Riegel verbrachte. Später dann änderte er radikal seine Meinung: Er wurde zum Bischof von Brixen ernannt und nicht lange danach auch schon zum Kardinal und Generalvikar des Kirchenstaates. Cusanus hatte sich zum treuen Diener des Papstes gewandelt, was ihm den Titel «erster Wendehals der Philosophiegeschichte» eintrug. Er starb 1464 in Todi im Alter von dreiundsechzig Jahren.

Das Denken des Nikolaus von Kues bewegt sich mit einem Fuß in der Theologie, mit dem anderen in der Metaphysik. Der Begriff des Unendlichen zum Beispiel machte ihn, wie er einmal sagte, «fast wahnsinnig».

«Es ist kaum möglich für uns Sterbliche», sagte Cusanus, *«das Unendliche zu begreifen.»*

* Ital. conciliazione – «Versöhnung» (Anm. d. Übers.)

Dann jedoch hatte er ein unvergessliches Erlebnis. Als er auf einem Dreimaster von Griechenland nach Italien reiste, fand er in einer Nacht keinen Schlaf und beschloss, auf Deck zu gehen. Der Morgen graute bereits, und so stand er da und machte sich bewusst, dass um ihn herum nur Meer und nichts als das Meer war. Kein Zipfelchen Land, keine Insel oder eine Klippe, auf die sich der Blick hätte richten können.

«Das muss das Unendliche sein», dachte er, «das muss Gott sein.»

Dann erblickte er einen Schwarm Vögel, der auf die italienische Küste zuhielt.

«Oh, wie schön müsste es sein», rief er aus, «Flügel zu besitzen und fliegen zu können bis in alle Ewigkeit, bis hin zu den Grenzen des Unendlichen!»

Doch sogleich wurde im klar, dass er Unsinn geredet hatte.

«Der Ausdruck ‹die Grenzen des Unendlichen›», so überlegte er, «ist ein Widerspruch in sich. Das Unendliche kann keine Grenzen haben. Das Unendliche ist ein maximal ausgedehnter Kreis und daher, eben durch die maximale Ausdehnung, das Gleiche wie eine Gerade.»

Schließlich verstand er, dass ihn nur das Wissen um das eigene Unwissen weiterbringen konnte. Zu Hause angekommen, machte er sich daher sogleich daran, eine Abhandlung mit dem Titel *De docta ignorantia (Vom belehrten Nichtwissen)* zu schreiben.

«Nur wenn man sich seiner Unwissenheit bewusst ist», so schloss er, «ist es möglich, auch jene Dinge zu begreifen, die über das sinnlich Fassbare hinausgehen.»

Nun war Cusanus weder der Erste noch wird er der Letzte sein, der sich selbst als einen Ignoranten bezeichnet. Von

Sokrates bis Adriano Celentano* gab es immer schon Leute, die sich der eigenen Ignoranz wie eines Verdienstes rühmten. Nikolaus von Kues insbesondere empfahl sie als Methode, um sich auch jenen Dingen zu nähern, die sich andernfalls nicht begreifen lassen. Und damit hatte er vollkommen Recht: Betreten wir ein Museum oder beginnen wir mit einem neuen Buch, sollten wir uns selbst vergessen und so tun, als wären wir gerade zur Welt gekommen. Dann wird uns alles, was wir erfahren, viel mehr in seinen Bann ziehen.

Cusanus treffe ich ja häufig. Sein Leib ruht in Rom, in der Kirche San Pietro in Vincoli, nur einen Katzensprung von meinem Haus entfernt. Ich brauche nur die Straße zu überqueren.

Montagmorgens frühstücke ich üblicherweise in der Snackbar in der Largo Corrado Ricci, wo ich dann regelmäßig meinen alten Klassenkameraden Eduardo Criscuolo, einen großen Verehrer von Michelangelo, treffe.

Zunächst kaufe ich mir meine Morgenzeitungen, und dann folgen der Reihe nach: Cappuccino, Hörnchen, die Unterhaltung mit Criscuolo und anschließend der Besuch bei Michelangelos Moses, der auch in San Pietro in Vincoli zu sehen ist. Und gleich hinter dem Eingang, auf der linken Seite, befindet sich das Grab von Nikolaus von Kues. Criscuolo geht daran vorbei, ohne es auch nur eines Blickes zu würdigen. Ich hingegen verlangsame meinen Schritt und begrüße ihn ganz herzlich.

* Man sehe es mir nach, dass ich die beiden hier in einem Atemzug nenne.

glaube ich, dass es in der Natur weder «null» noch «unendlich» gibt. Allerhöchstens kann ich mir Dinge vorstellen, die sich der Null oder dem Unendlichen annähern. Mehr aber nicht. Im antiken Rom gab es überhaupt keine Null. Erst im 8. Jahrhundert n. Chr. wurde sie erfunden, und zwar von einem gewissen Abu al Khwarizmi aus Bagdad. Was hingegen «unendlich» betrifft, würde ich dessen Existenz gerne beweisen, aber ich weiß ja, wie kompliziert das ist. Um nun nicht Gefahr zu laufen, dass mir schon bei den ersten Seiten die Leser in Scharen davonlaufen, kann ich hier nur anbieten, die folgenden Seiten einfach zu überspringen, es sei denn, man möchte sich, mit etwas gutem Willen und einer vagen Erinnerung an die Schulgeometrie, doch an die schwierige Materie heranwagen.

Stellen wir uns also vor, wir seien Lebewesen mit nur einer Dimension. Wir sind alle bloß ein mehr oder weniger langer Bindestrich, der auf einer Geraden lebt.

Irgendwann meint ein Bindestrich zum anderen:

«Du, sag mal, was glaubst du? Ist diese Gerade, auf der wir leben, nun endlich oder unendlich?»

«Die ist unendlich», antwortet der zweite Bindestrich, ohne lange nachzudenken, «denn auch wenn sie endete, finge gleich darauf ein weiteres Stück Gerade an.»

«Nein, nein, meine Herren», meldet sich da ein dritter Bindestrich, der sich hinter den beiden befindet und, wie Einstein, Albert heißt, zu Wort. «Das, was euch wie eine Gerade erscheint, ist lediglich ein Stück eines Kreises.»

«Ein Stück was?»

«… eines Kreises, eines geschlossenen Kreises. Denn wenn ihr auf unserer Geraden immer, immer weitergeht, gelangt ihr früher oder später wieder an den Ausgangspunkt … also dorthin, von wo ihr losgegangen seid, zurück.»

Die ersten beiden Bindestriche aber verstehen immer noch nichts. Doch wie könnte es auch anders sein? Denn diese beiden armen eindimensionalen Ignoranten können sich einen Kreis, eine zweidimensionale Figur also, ja noch nicht einmal vorstellen.

Das Gleiche geschähe, wären wir zweidimensionale Lebewesen. In diesem Fall wären wir alle eine Art Pizza und lebten auf einer großen Scheibe. Die Frauen wären alle platt wie ein Bügelbrett und besäßen weder Busen noch ein gerundetes Hinterteil. Noch nicht mal Naomi Campbell hätte etwas zu bieten. Auch in diesem Fall könnten wir uns wieder die Frage stellen, ob die Fläche, auf der wir leben, endlich oder unendlich sei. Und auch diesmal würde uns Albert, jetzt eine Pizza, zum Nachdenken bringen: «Das, was ihr für eine Fläche haltet, ist nichts weiter als der kleine Teil einer Kugel, die, wie jeder weiß, eine endliche Figur ist. Weshalb ihr auch, egal, in welche Richtung ihr euch bewegt, irgendwann zum Ausgangspunkt zurückkämet.»

Und wie vorhin könnten sich die Pizzas als zweidimensionale Lebewesen eine geometrische Figur mit drei Dimensionen wie eine Kugel noch nicht einmal vorstellen.

Sehen wir uns nun zum Schluss so, wie wir tatsächlich sind, als dreidimensionale Lebewesen also. Wir sind überzeugt, in einem unendlichen Raum zu leben, aber da kommt auch schon wieder dieser verflixte Albert und weist uns darauf hin, dass unser Raum keine drei, sondern vier Dimensionen hat, *wobei die vierte Dimension die Zeit ist. Das einzige Problem ist, dass wir armen dreidimensionalen Lebewesen uns einen vierdimensionalen Raum kaum vorstellen können. Fest steht aber: Würden wir einer dieser Dimensionen kontinuierlich folgen, kehrten wir irgendwann zum Ausgangspunkt zurück. Warum? Na weil es das Unendliche als solches gar nicht gibt.*

Zusammenfassend können wir sagen: Sobald wir von einem Raum mit n Dimensionen zu einem Raum mit n+1 Dimensionen übergehen, wird das, was uns zunächst unendlich erschien, sogleich endlich. Aber um es noch mal zu betonen: Sollte es Ihnen schwer fallen zu begreifen, was mit einem Raum mit n+1 Dimensionen gemeint ist, so machen Sie sich nicht verrückt. Lesen Sie lieber gleich beim nächsten Kapitel weiter.

II

Lorenzo Valla

Ist es möglich, auf christlicher Grundlage epikureisch zu leben? Es gab Leute, die davon überzeugt waren: Lorenzo Valla (1407–1457) zum Beispiel. Mehr noch als an Gott glaubte er an die Natur, genauer gesagt an das Gute in der Natur. Nicht dass es zu jener Zeit keine Erdbeben oder Überschwemmungen gegeben hätte. Die gab es, und nicht zu knapp. Was es aber nicht gab, war das Fernsehen, das jeden Abend solche Naturkatastrophen in aller Ausführlichkeit zeigte.

Für Lorenzo Valla, diesen waschechten Römer, liefen Glück und die *divina voluptas* («göttlicher Wille») auf ein und dasselbe hinaus. Und wenn ihm jemand vorhielt, ein Pantheist zu sein, rechtfertigte er sich, indem er erklärte, die Natur sei doch nichts anderes als eine Manifestation Gottes auf Erden. Praktisch fühlte er sich, um eine Formulierung von Horaz aufzugreifen, als echtes «Schwein in der Herde Epikurs»*. Wer weiß, vielleicht stammt von ihm sogar jenes berühmte römische Lied, in dem es heißt: «*Ma che ce frega, ma che ce 'mporta* ...» («Was schert's uns, was kümmert's uns ...?»). Seinen Vorstellungen nach können wir uns nämlich unbeschwert allen möglichen Genüssen hingeben. Ein Teller Maccheroni al ragù, ein Glas guten Rotweins, die Gesellschaft eines hübschen Mädchens, all das sind für ihn keine

* *Epicuri de grege porcum* (Horaz, *Briefe*, 4, 15)

Sünden, sondern lediglich verschiedene Wege Gottes, uns armen Sterblichen seine Existenz zu offenbaren.

In seinem Werk *De voluptate / De vero bono* (*Über die Lust / Über das wahre Gute*) versucht er, *epikureisches Heidentum* in *positives Christentum* umzuwandeln. Dazu vertritt er die Theorie, dass die Voraussetzung für Glück immer ein Verlangen ist. Weniger die Erlangung des Genusses selbst ist demnach das wahre Ziel, als vielmehr der Weg, der dafür zu beschreiten ist. Niemand ist unglücklicher als ein Spanner an einem FKK-Strand. Dieser Gedanke stammt nicht von mir, sondern von Freud. Der Begründer der Psychoanalyse spricht von jenen, «die am *Erfolg scheitern*».*

In seinem *De voluptate* fordert Valla die Menschen dazu auf, mehr als alles andere nach Freiheit zu streben. Das Werk ist als Streitgespräch verfasst, zwischen einem (nervtötenden) Stoiker, der den Verzicht auf materielle Güter predigt, einem Epikureer (einer Art Hurenbock), der der Lust das Wort redet, und einem Philosophen (Valla selbst), der zwischen den beiden Streitenden vermittelt und die Position vertritt, nur die christliche Lehre könne den wahren Genuss mit dem wahren Glück zusammenbringen.

Am Schluss heißt es:

Für uns Christen ist der Genuss wie eine Treppe,
*über die wir zur himmlischen Glückseligkeit gelangen, nachdem unsere Seele ihre leibliche Hülle abgeworfen hat.***

Worauf es aber in erster Linie ankomme, sei die Vermeidung von Schmerz. Alles andere sei nicht so wichtig.

* Vgl. Sigmund Freud, Studienausgabe, Bd. 10, S. 236
** Vgl. Lorenzo Valla, *De voluptate*, III 10

Apropos Lorenzo Valla

und seiner Theorien habe ich noch etwas anzumerken. Nachdenklich machte mich ein Kollege aus der Zeit, als ich noch als Ingenieur arbeitete, ein gewisser Mario Vallauri, Jahrgang 1930. Aus einer seltsamen Laune des Schicksals heraus trug er einen Nachnamen, der mit «Valla» begann. Denn wie sein Namensvetter glaubte auch er nicht an die «großen Sünden».

Als wir einmal in einer Pizzeria zusammensaßen, sagte er zu mir: «Also für mich ist Unzucht keine Sünde.»

«Wieso soll das keine Sünde sein?», wollte ich wissen.

«Weil für mich nur das als Sünde zählt, womit ich anderen Menschen wehtue. Wenn ich aber meine Sexualität frei auslebe und damit keinem wehtue, begehe ich auch keine Sünde.»

«Das sagt sich so leicht, aber erklär das mal Don Attanasio, dem Pfarrer von Santa Lucia, dem mit dem heiligen Sebastian.»

«Was hat denn der heilige Sebastian damit zu tun?»

«Eine ganze Menge. Don Attanasio war nämlich mein erster Beichtvater, und bei jeder Beichte bekam ich von ihm zu hören, dass der heilige Sebastian jedes Mal, wenn ich allein in meinem Bett eine unkeusche Handlung beginge, erneut von einem Pfeil durchbohrt würde …»

«Nein, nein, der heilige Sebastian wird nur dann getroffen, wenn du mit einer so genannten ‹unkeuschen Handlung› einen anderen Menschen verletzt. In meinem ganzen Leben habe ich nur mit Frauen geschlafen, die es genauso wollten wie ich, manchmal auch noch mehr. Ich erinnere mich da an eine Nacht mit einer Dame schon recht fortgeschrittenen Alters, sie war wohl schon über sechzig, die mir danach doch tatsächlich applaudierte. Offenbar sah sie in meinem Interesse an ihr eine Art karitativen Akt.»

«Na ja, das halte ich doch für etwas übertrieben», bemerkte ich. «Aber deiner Theorie nach ist also auch Fresslust keine Sünde?»

«Natürlich nicht: In diesem Augenblick verzehre ich eine köstliche Pizza Margherita. Wem tue ich damit weh? Keinem. Und soll ich dir mal was sagen? Ich bestelle mir gleich noch eine.»

«Und Hochmut, Trägheit, Zorn, Geiz und Neid?»

«Das sind alles keine Sünden. Schlimmstenfalls Laster. Es sei denn, wir tun anderen Menschen damit wirklich weh. Worauf es ankommt, ist, sich bevor man irgendetwas tut, zunächst zu fragen: ‹Werde ich mit meinem Handeln jemanden verletzen?› Fällt die Antwort negativ aus, kannst du ganz beruhigt sein: Du kommst trotzdem in den Himmel.»

«Und Fremdgehen in einer Beziehung? Ist das für dich eine Sünde oder nicht?»

«Kommt ganz drauf an: Eine Sünde ist es nur, wenn es herauskommt. In diesem Fall nämlich wird der Betrogene erst wirklich verletzt. Die Schlimmsten sind aber Leute, die ihren Partner zunächst betrügen und ihm dann, von Schuldgefühlen geplagt, den Seitensprung beichten. ‹Du, Schatz, ich hab dir da was zu sagen …›»

«Und wie sieht's mit Drogen aus?»

«Drogen zu nehmen, ist eine Sünde.»

«Und warum? Wem tust du weh, wenn du Drogen nimmst? Doch nur dir selbst?»

«Ja, eben. Umso schlimmer. Wenn ich von ‹jemandem› spreche, bin ich selbst doch auch gemeint. Selbstmord zum Beispiel, das ist wirklich Sünde.»

III

Marsilio Ficino

Marsilio Ficino (1433–1499), nicht zu verwechseln mit Marsilio von Padua, kam im toskanischen Figline im Valdarno zur Welt. Nicht nur durch die von ihm selbst verfassten Werke (*Hermetische Schriften, Platonische Theologie, Über die christliche Religion, Zwölf Briefe*) machte er sich verdient, sondern auch, indem er den ganzen Platon von der ersten bis zur letzten Seite ins Lateinische übersetzte, um sich dann auch noch Homer, Proklos und Hesiod vorzunehmen. Können wir heute die Klassiker sogar im Internet lesen, so ist das in gewisser Hinsicht auch Ficino zu verdanken. Sein eigenes Hauptwerk ist aber jene Abhandlung, in der er die platonische Liebe preist. Doch aufgepasst: Mit platonischer Liebe ist hier nicht eine Beziehung gemeint, bei der es nicht zum Beischlaf kommt, sondern jene Liebe, die die menschliche Seele befähigt, ihre himmlische Heimstatt zu erreichen.

Marsilio Ficinos Hauptanliegen war es, die christliche Religion mit der platonischen Philosophie, mit anderen Worten die Zehn Gebote mit Platons Dialogen, zu verbinden. Im Grunde wird ihm Platon aber noch mehr als Jesus bedeutet haben, doch hütete er sich, dies öffentlich zu bekunden, aus der verständlichen Furcht heraus, die Kirchenoberen könnten ihn dafür, wie bereits andere vor ihm, auf den Scheiterhaufen schicken.

Aber Marsilio Ficino war nicht nur Philosoph, sondern auch Magier und Höfling. So ließ er sich, bei freier Kost und Logis, am Hof der Medici in Florenz nieder und war durch nichts mehr von dort wegzubringen. Zudem brachte sein Bestreben, Platon und das Christentum Arm in Arm marschieren zu lassen (also das, was er die *pia philosophia* nannte), seinen Herrn und Patron Cosimo de' Medici dazu, im Jahr 1459 in Careggi nahe Florenz eine Akademie zu gründen, die allein neuplatonischen Studien vorbehalten sein sollte. Eine Akademie, die Ficino selbst mit großem Erfolg leitete. Eines Tages soll er, so wird erzählt, in einer Vorlesung die Ansicht vertreten haben, die Sinneslust sei nichts anderes als eine «Ausweitung Gottes auf Erden», worauf seine Studenten mit *standing ovations* reagierten. Es waren ausschließlich Männer.

Wie Platon unterschätzte auch Ficino die Kunst. Wenn die Schatten an der Wand, so sagte er, sich auf Platons Höhlengleichnis beziehend, nur die Abbilder der Ideen sind, so schafft die Kunst, als Abbild der Schatten, nicht mehr als Abbilder von Abbildern. Da mag was dran sein, aber ich möchte hier doch einwenden: Abbild ist nicht gleich Abbild, und Abbilder Caravaggios zum Beispiel verschlagen einem geradezu den Atem.

Für Marsilio Ficino ist der Mensch das bedauernswerteste aller Lebewesen: Neben der *imbecillitas corporis* («Torheit des Leibes») ist er auch noch mit der *inquietudo animi* («Beunruhigung der Seele») geschlagen, also dem Wissen, einmal sterben zu müssen. Ein Hund weiß ja nicht, dass ihn der Tod erwartet, und kann deshalb unbeschwert bis zum letzten Augenblick sein Leben fristen. Der Mensch hingegen wird immer niedergeschlagener, je näher sein Ende rückt: Wenn er sich im Spiegel betrachtet, kann er sein Sterben in Zeitlupe beobachten.

Das Universum besteht für Marsilio aus fünf Ebenen, die einander übergeordnet sind, als da wären:

1. der Körper
2. die körperlichen Qualitäten
3. die Seele
4. die Engelwelt
5. Gott

Der Körper mit seinen Grundbedürfnissen nach Essen, Trinken, Wärme, Sinneslust und so weiter ist jener Zustand, an den wir das ganze Leben über gefesselt sind.

Die körperlichen Qualitäten treten zutage, sobald die Bedürfnisse des Leibes befriedigt sind.

Die Seele definiert Ficino als Widerschein Gottes und Bindeglied zwischen zwei Welten: dem Diesseits und dem Jenseits. Sie sei als Einzige in der Lage, «Höheres» wahrzunehmen, aber trotzdem mit dem «Niederen» verbunden zu bleiben.

Was er unter «Engelwelt» versteht, ist mir, ehrlich gesagt, nicht so recht klar. Und die Ebene Gottes noch viel weniger. Eines Tages, der hoffentlich noch in weiter Ferne liegt, wird Marsilio Ficino es mir vielleicht persönlich erklären …

möchte ich auf die inquietudo animi, *also das Wissen, sterben zu müssen, noch etwas genauer eingehen. Jede Samstagnacht sterben in Italien Dutzende und Aberdutzende von Menschen bei Verkehrsunfällen. Üblicherweise handelt es sich um junge Leute um die Zwanzig, die aus der Diskothek kommen, sich hinters Steuer setzen und wie die Wahnsinnigen über die Straßen nach Hause rasen. Und obwohl ihnen die Unfallstatistiken bekannt sind, scheinen sie nicht übermäßig besorgt. Warum? Weil sie im Grunde ihres Herzens überzeugt sind, unsterblich zu sein. Mit anderen Worten, ihnen fehlt die* inquietudo animi. *Genau wie mir, so glaube ich, als ich jung war: Den Tod gab es für mich nicht. Heute hingegen, da ich alt (oder fast alt) bin, denke ich mindestens viermal am Tag daran. Ganz nach Sokrates. «Leben», so sagte der große Athener, «heißt, sich an den Gedanken des Todes gewöhnen.» Fragen wir uns nun aber mal, in welchem Maß die* inquietudo animi *unsere Einstellung zu aktuellen Ereignissen beeinflusst.*

Für einen achtzigjährigen Italiener, der schon fünf Jahre über der durchschnittlichen Lebenserwartung liegt, verliert zum Beispiel die Politik radikal an Bedeutung. Was soll es ihn auch jucken, ob der nächste Außenminister vom «Polo» der Rechten oder dem «Ölbaumbündnis» der Linken gestellt wird? Einmal vielleicht, und zwar 1948, war seine Stimme von fundamentaler Bedeutung. Aber damals ging es auch darum, sich zwischen den USA und der Sowjetunion zu entscheiden. Heute hingegen sind die Unterschiede zwischen Mitte-Rechts und Mitte-Links doch kaum noch auszumachen, insbesondere gemessen am Gedanken an den Tod.

Aber hier sollte ich lieber aufhören, sonst handle ich mir noch den Vorwurf der Politikverdrossenheit ein, und das wäre mir gar nicht recht.

So wie die Politik verlieren auch die alltäglichen Sorgen an Bedeutung. Sollte ich nachher, wenn ich das Haus verlasse, feststellen, dass man mir den Wagen gestohlen hat, wäre ich zwar nicht begeistert, würde mir aber auch nicht verzweifelt die Haare raufen. Das wäre ja auch ein erbärmlicher Philosoph, der wegen eines solchen Missgeschicks gleich mit seinem Schicksal haderte. Denn schließlich ist die Philosophie eben auch die Fähigkeit, die Ereignisse des Lebens mit dem Maß des Todes zu messen.

Fragen wir uns zum Schluss noch, ob auch Depressionen eine Form der inquietudo animi sind. Ich meine schon und kann auch erklären, wieso.

Die menschliche Seele lässt sich mit einem Außenbordmotor vergleichen. Um gut zu laufen, muss er eine gewisse Anzahl von Umdrehungen erreichen, darf aber nicht überdrehen. Die Schraube bringt es im Wasser auf ungefähr dreitausend Umdrehungen. Nehmen wir sie jedoch heraus, dreht sie sofort höher, überdreht und gibt irgendwann den Geist auf. Warum? Weil der Motor eigens dazu geschaffen wurde, den Wasserwiderstand zu überwinden. Fehlt dieser Widerstand, geht die Maschine kaputt. Und mit unserer Seele verhält es sich ebenso. Sie ist so beschaffen, dass wir mit ihr die Schwierigkeiten des Lebens meistern können. Fielen diese Schwierigkeiten plötzlich weg, würde auch unsere Seele überdrehen, das heißt, in Depression versinken. Das gegensätzliche Phänomen nennt man übrigens Stress.

IV

Pico della Mirandola

Verfügt jemand über ein gutes Gedächtnis, sagt man: «Das ist ja ein echter Pico della Mirandola.» In der Tat heißt es, Pico sei in der Lage gewesen, eine Seite lateinischen Textes nach einmaligem Lesen auswendig vorzutragen. Und einmal habe er das Ganze vor seinen fassungslosen Zuhörern sogar noch wiederholt, nun jedoch rückwärts, vom letzten bis zum ersten Wort. Diese bekannte Anekdote veranlasste übrigens den Schriftsteller Giovanni Papini im Jahr 1939 dazu, Picos Schädel ausgraben zu lassen, um festzustellen, ob dieser überdurchschnittlich groß gewesen sei.

Giovanni Pico, Fürst von Mirandola und Graf von Concordia, kam am 24. Februar 1463 zur Welt und studierte in seiner Jugend kanonisches Recht in Bologna, Literatur in Ferrara, Philosophie in Padua und Griechisch in Pavia. Höchstes Ziel seines Schaffens war es, die Würde des Menschen als die eines von Gott autonomen Lebewesens herauszustellen. Zu diesem Thema schrieb er eine in neunhundert Thesen unterteilte Abhandlung mit dem Titel *De hominis dignitate (Über die Würde des Menschen)*, die er in Rom bei einem Treffen der bedeutendsten Gelehrten seiner Zeit vorzustellen gedachte. *Magnum miraculum est homo* («Ein großes Wunder ist der Mensch») hieß es auf der Einladung, und dass auch die Araber, in Person des Sarazenen Abdallah, zu der Erkenntnis gelangt seien, *«nichts scheint mir bewundernswürdiger zu sein als der Mensch»*.

Die Veranstaltung fand jedoch niemals statt. Vor allem deshalb, weil Pico in der Zwischenzeit die Bemerkung herausgerutscht war, dass der Mensch ein halb göttliches und halb irdisches Wesen sei, was vollkommen ausreichte, um sich damit den Vorwurf der Ketzerei in einem besonders schweren Fall einzuhandeln. Sieben seiner Thesen wurden von einem vatikanischen Ausschuss als häretisch verurteilt. Aber es war eben so: Zu jener Zeit durfte man zu allem, was mit Gott zusammenhing, noch nicht mal Vermutungen anstellen. Auf Befehl von Papst Innozenz VIII. wurde Pico verhaftet und in der Festung von Vincennes hinter Schloss und Riegel gesetzt. Nach einem Monat aber nahm sich Lorenzo de' Medici seiner an und stellte ihn unter seinen persönlichen Schutz, womit er ihm wahrscheinlich das Leben rettete. Einige Jahre später schließlich wurde der Philosoph dann von Papst Alexander VI. begnadigt.

Tatsächlich aber könnte Picos Fernbleiben von Rom auch ganz andere Gründe gehabt haben. Aus der Gerüchteküche der italienischen Renaissance verlautete nämlich, eine schöne Edeldame namens Margherita, die Frau von Giuliano de' Medici, habe den jungen Philosophen zum Schäferstündchen in einem Haus vor den Toren Arezzos, an der Straße nach Rom, geladen, woraufhin ihm der Ehemann der Dame, der Wind davon bekommen hatte, eine Schar bewaffneter Männer auf den Hals schickte. In dem Kampf, der daraufhin entbrannte, sollen nicht weniger als siebzehn Mann aus Picos Eskorte ihr Leben verloren haben und er selbst am Arm verletzt worden sein. Mag diese Anekdote nun wahr sein oder nicht, fest steht jedenfalls, dass der Fürst von Mirandola zwar ein frommer Mensch, aber auch ein unverbesserlicher Schürzenjäger war. Bei der edlen Margherita allerdings habe er, wie er selbst schreibt, *«nie die Kühnheit besessen, sie zu berühren»*. Dafür dichtete er aber Dutzende von Versen für sie, die später leider einem Feuer zum Opfer fielen. *«Wer auf zwei Sätteln sitzt»*, bemerkte Pico della Mirandola einmal, *«auf dem der Dichtkunst und dem der Philosophie, läuft Gefahr, nirgends zum Ziel zu gelangen, weder im Philosophieren noch im Dichten.»*

Und so beschreibt uns Pico della Mirandola in seiner Schrift *Über die Würde des Menschen* die Erschaffung des Menschen:

Das überirdische Gefilde hatte Gott mit Geistern geschmückt, die ätherischen Sphären hatte er mit ewigen Seelen belebt, die materiellen und fruchtbaren Teile der unteren Welt hatte er mit einer bunten Schar von Tieren angefüllt. Aber als er dieses Werk vollendet hatte, da wünschte der Baumeister, es möge jemand da sein, der die Vernunft eines so hohen Werkes nachdenklich erwäge, seine Schönheit liebe, seine Größe bewundere.

Seiner Auffassung nach tragen wir alle einen Engel und einen Teufel in uns, die in ständigem Widerstreit liegen. Fordert der Engel uns zu etwas auf, flüstert uns der Teufel garantiert auf der Stelle das Gegenteil davon ein. An unserem freien Willen sei es dann zu entscheiden, auf wen wir letztlich hören wollen. Zu diesem Thema schreibt er in *Über die Würde des Menschen*:

O Adam, Gott hat dich weder als einen Himmlischen noch als einen Irdischen geschaffen, damit du als dein eigener, vollkommen frei und ehrenhalber schaltender Bildhauer und Dichter dir selbst die Form bestimmst, in der du zu leben wünschst. Es steht dir frei, in die Unterwelt des Viehs zu entarten. Es steht dir ebenso frei, in die höhere Welt des Göttlichen dich durch den Entschluss deines eigenen Geistes zu erheben.

Im zweiten Teil seiner Abhandlung preist Pico dann den Weltfrieden und empfiehlt seinen Lesern, sich auf die Theologie zu stützen, die seinem Urteil nach als Einzige in der Lage sei, einen wahrscheinlichen Krieg zu vereiteln. Wenn man seine Mahnungen so liest, hat man fast das Gefühl, Papst Wojtylas Stimme zu hören.

Ein anderes Thema, das ihm am Herzen liegt, ist die Kabbala, hier nicht verstanden als Unterweisung zur Wahl der richtigen Lottozahlen, sondern als mystische Lehre, die Gott den Menschen schenkt, damit sie ihn zwischen den Zeilen eines Buches erkennen. Nicht zufällig bedeutet ja das hebräische Wort *Qabbalah* «Interpretation». Wie um zu sagen, dass sich in allen Worten der Bibel die Existenz Gottes offenbart. Pico della Mirandola selbst soll eigens Arabisch gelernt haben, um die Texte in der Originalsprache lesen zu können.

Wofür Pico allerdings überhaupt nichts übrig hatte, waren Astrologen, Magier und allgemein Liebhaber übernatürlicher Erscheinungen. Die verachtete er aus ganzem Herzen. In diesem Zusammenhang wurde seine Begegnung mit Girolamo Savonarola wegweisend für ihn. Der Frater aus Ferrara mit seinem aufbrausenden, eher eines Volktribuns als eines Mannes der Kirche würdigen Charakter erschütterte ihn mächtig. An jenem Tag, so schrieb er später, «*spürte ich, wie seine Worte mich aufwühlten, bis mir selbst die Haare zu Berge standen*». Innerhalb einer Woche entstand so ein Büchlein mit dem entsprechenden Titel *Disputationes adversus astrologiam divinatricem* (*Erörterungen gegen die seherische Astrologie*). In dieser Schrift verurteilt Pico della Mirandola die Erstellung von Horoskopen und zieht eine klare Grenze zwischen der Astronomie (*ars nobile*, «edle Kunst») und der Astrologie (*ars fraudolenta,* «betrügerische Kunst»). Als ihm jemand erzählte, ihm sei von einem Magier ein Jahr im Voraus eine entsetzliche persönliche Katastrophe vorhergesagt worden, was sich tatsächlich auch bewahrheitet habe, antwortete er, dabei handle es sich gewiss um keine Prophezeiung, sondern um einen Zufall. Und ich an seiner Stelle hätte sicher das Gleiche gesagt.

Man mag es kaum glauben, aber sogar Girolama Savonarola, dem es ja sonst niemand recht machen konnte, soll eine gewisse Sympathie für den jungen Pico empfunden haben. Jedenfalls sah er ihn im Fegefeuer und nicht in der Hölle, was für den streitbaren Frater schon das Höchstmaß an Wertschätzung bedeutete.

Pico della Mirandola starb 1495 im Alter von nur einunddreißig Jahren, wahrscheinlich vergiftet von zwei Dienern, die es auf seine Hinterlassenschaft abgesehen hatten. Bevor er die Augen für immer schloss, soll er noch gesagt haben: «*Der Tod ist nicht das Ende unserer Leiden, sondern das Ende der Kränkungen, die wir unserem Herrgott zufügen.*»

muss ich daran denken, dass ich seit ungefähr zehn Jahren große Probleme mit meinem Erinnerungsvermögen habe. Alles vergesse ich, selbst die wichtigsten Dinge. Eins ist mir aber dadurch klar geworden: Unser Gehirn ist wie ein Computer beschaffen. Das heißt, einmal mit Erinnerungen angefüllt, weigert es sich beharrlich, noch weitere zu speichern. Oder es sondert für jedes neue Ereignis, das es speichert, eines aus, das vielleicht nur ein wenig älter ist. So kann ich mir zum Beispiel heute kaum noch Gesichter merken. Sogar die von Freunden fange ich an zu vergessen. Irgendjemand hat mir erzählt, es handle sich dabei um eine Krankheit, die sogar einen Namen hat: Prosopagnosie *(abgeleitet von den griechischen Wörtern* prósopon *für Gesicht und* agnosia *für das Nichterkennen) heißt sie und ist auf eine Verstopfung der Adern, die das Blut zum Gehirn transportieren, zurückzuführen. Pico della Mirandolas rechte Gehirnhälfte muss offenbar außergewöhnlich gut durchblutet gewesen sein. Meine hingegen zu schlecht. Und wie lässt sich diese* Prosopagnosie *behandeln? Die Ärzte meinen, mit einer Aspirintablette am Tag. Mal sehen.*

Meine Erinnerungslücken haben mir ja schon manch bösen Streich gespielt: Einmal habe ich sogar bei einer Abendgesellschaft Sophia Loren nicht erkannt. «Und mit was beschäftigen Sie sich so?», habe ich sie gefragt, und Sophia lachte, weil sie glaubte, ich wolle einen Witz machen. Wenn ich mir überlege, dass ich vor ein paar Jahren erst das Glück hatte, zwei Filme mit ihr drehen zu dürfen und in einem davon, in «Samstag, Sonntag, Montag» nämlich, sogar ihr vermeintlicher Liebhaber war …

Einmal habe ich sogar meine eigene Schwester, Clara (die einzige, die ich habe), nicht erkannt. «Angenehm, De Crescenzo», stellte ich mich ihr vor. Ihr traten die Tränen in die Augen. Dann raunte sie mir mit ganz leiser Stimme zu: «Aber Lucià, ich bin's doch!»

Den traurigen Höhepunkt erlebte ich aber eines Abends im Haus eines Freundes. Als ich nach der Begrüßung einen dunklen Raum betrat, um dort meinen Mantel abzulegen, erblickte ich hinten an der Wand einen Mann, der mir sehr bekannt vorkam. Einen Moment lang (aber wirklich nur einen Moment lang) überlegte ich: «Aber den kennst du doch.» Dann schaltete ich das Licht ein und begriff, wer das war: ich selbst, in einem Spiegel.

V

Girolamo Savonarola

Hässlich wie die Pest, von gelblicher Gesichtsfarbe, kahl, der Gesichtsausdruck stumpf, die Nase unförmig, die Wangenknochen hervorstehend, der Blick mörderisch, sah Savonarola so aus, wie man sich gemeinhin ein Ungeheuer vorstellt. Von jeglichen Umgangsformen unbeleckt, fiel er wie ein Raubtier über jeden her, der, seinem Urteil nach, die Gebote Gottes missachtet hatte. Mit allen legte er sich an, mit Kardinälen, weil sie, wie er meinte, sich bereicherten und Unzucht trieben, mit Geldverleihern, die dreißig Prozent Zinsen verlangten, und mit den Fürsten der Renaissance-Höfe, denen er ihren Lebensstil mit Orgien, sexuellen Ausschweifungen und Saufgelagen vorhielt. Gegen jede Art von Vergnügen sprach er sich aus, einschließlich Würfelspiel, Karnevalsfeiern, Kartenspiel und Pferderennen. Sein Hass galt Frauen, die sich verkauften, und ebenso den Männern, die sie kauften. Wäre es nach ihm gegangen, hätte man Gotteslästerern und Homosexuellen die Zunge abgeschnitten. Auch die Malerei fand in seinen Augen keine Gnade: Weder Botticellis *Frühling* noch Pinturicchios *Heimkehr des Odysseus* oder die Gemälde Peruginos wollte er hinnehmen. Solange sich die Maler christlicher Motive annahmen, war ja noch alles in Ordnung, aber wehe, sie wandten sich auch nur ganz, ganz vorsichtig anderen Themen zu. Sogar Lorenzo de' Medicis herrliche Hymne auf die Jugend (*Quant'è bella giovinezza ...)* ging ihm auf den Wecker. Nur sich selbst hielt er für perfekt. Dabei gab es zumindest ein Laster, das man ihm hätte nachsagen können, und zwar das vollkommene Fehlen jeglichen Zweifels, also jenes wichtigsten Werkzeugs, über das jeder intellektuell redliche Mensch verfügen sollte.

Im Jahr 1452 in Ferrara geboren und ausgebildet im berühmten Kloster San Domenico in Bologna, entwickelte er sich mit den Jahren immer mehr zum Fundamentalisten. Er ließ sich in Florenz nieder, um im Konvent von San Marco als Lektor und Prediger zu wirken, wurde im Jahr 1491 zum Prior ernannt und baute in der Folgezeit ein Spionagenetz auf, *Compagnia della Speranza* («Gesellschaft der Hoffnung») genannt, das ihn über jedermann, der in Florenz «unsittliche Dinge» trieb, unterrichtete. Er selbst übernahm es dann, den oder die Betreffenden von der Domkanzel in Santa Maria del Fiore aus öffentlich anzuprangern. Natürlich mit Namen und Vornamen, die er mehrmals wiederholte, damit sich die Anwesenden auch alles gut einprägen konnten. Keine Kirche war in Florenz groß genug, um alle, die ihn hören wollten, aufzunehmen. Seine Anhänger wurden *Piagnoni* genannt (weil sie weinten, wenn er redete)* und seine Gegenspieler *Arrabbiati* (weil sie wütend wurden, wenn er tobte)**.

Die *Piagnoni* waren gefürchtet, weil sie in die Privathäuser ihrer «Feinde» oder in die Werkstätten der Künstler eindrangen, Gemälde und wertvolle Stoffe raubten, um sie dann unter Gejohle und Jubelgesängen der Menge auf einer Piazza öffentlich zu verbrennen. Gott allein weiß, wie viele

* Von ital. *piangere* – «weinen» (Anm. d. Übers.)
** Von ital. *arrabbiarsi* – «wütend werden» (Anm. d. Übers.)

Kunstschätze auf diese Weise durch Savonarolas Schuld für immer verloren gingen.

Der Lieblingsfeind des Dominikanerfraters war Papst Alexander VI. In jeder erdenklichen Weise zog er über den Heiligen Vater her: Ein Hurenbock sei er, ein Dieb, ein Ämterschacherer, ein Ungläubiger, ein Mörder und Nepotist. Womit er, das ist klar, vollkommen Recht hatte, aber er verkündete dies eben mit einem kaum vorstellbaren, fanatischen Hass.

Im Dezember 1497 exkommunizierte ihn Alexander VI., woraufhin Savonarola kurzerhand selbst Papst Alexander aus der Kirche verbannte. Es war eine Auseinandersetzung, die allerdings mit einem Sieg des Papstes endete: Girolamo Savonarola und seine *Piagnoni* wurden zum Tod durch Erhängen verurteilt. Barfuß und ohne Kutte, mit einem Kruzifix in Händen wurden sie auf die Piazza della Signoria in Florenz geschleift, inmitten einer freudetrunkenen Menge, die die Verurteilten mit Steinen, Speichel und Exkrementen eindeckte. Ihre Leichen wurden verbrannt und die Asche über dem Arno verstreut. Es war der Mai des Jahres 1498.

VI

Leonardo da Vinci

Bei einer der letzten Wahlen zur Miss Italia wurde eine Kandidatin nach Leonardo da Vinci gefragt, und die junge Dame antwortete: «Wer? Der Flughafen?» Wenn die Dinge so liegen, ist es wohl dringend geboten, den nachwachsenden Generationen zu erzählen, wer der Mann war und was dieses größte Genie der italienischen Renaissance so alles geleistet hat.

Leonardo, der uneheliche Sohn des Edelmanns Piero da Vinci, erblickte im Jahr 1452 in der Nähe von Florenz das Licht der Welt, und zwar in Folge einer «schnellen Nummer» seines Vaters mit einem Bauernmädchen namens Caterina. Es geschah in einem Heuschober, mitten im Sommer, am frühen Nachmittag. Als Entschädigung für die verlorene Jungfernschaft, verpflichtete Piero aber einen seiner Gutsverwalter, einen gewissen Acattabriga, dazu, das Mädchen zu heiraten.

Gemäß der Familientradition hätte Leonardo eigentlich Notar werden müssen. So wie sein Urgroßvater, sein Großvater und auch sein Vater selbst. Doch schon von klein auf zeigte er ein solches Talent im Zeichnen, dass sein Papa eines Tages beschloss, ihn zu Andrea del Verrocchio, einen der vorzüglichsten Bildhauer von Florenz, in die Lehre zu geben. Und so geschah es, dass der noch minderjährige Leonardo als Lehrjunge in eine Künstlerwerkstatt eintrat.

Nun muss man wissen, dass in der damaligen Zeit sowohl die Malerei als auch die Bildhauerei noch als eine Art Handwerk, so wie die Tischlerei etwa, betrachtet wurden. Die Aufnahme in einer solchen «Werkstatt» bedeutete also zunächst einmal nur, einen sicheren Arbeitsplatz gefunden zu haben. Nun war Leonardo aber so gut, so unglaublich gut, dass dies nicht unbemerkt bleiben konnte. Vasari erzählt, Leonardo habe einmal einen Engel auf einem Gemälde, das Jesu Taufe darstellte, zu malen gehabt und habe dies so phantastisch erledigt, dass Verrocchio unwillkürlich ausrief:

Aber der ist ja perfekt! Wirklich perfekt! Was hat es da noch für einen Sinn, selbst zu malen? Ich will dafür sorgen, dass dieser Lyonardo mit seinen Farben auch das ganze übrige Gemälde fertig stellt.

Nun wurde Leonardo befördert, das heißt, Verrocchio versetzte ihn auf das obere Stockwerk, wo seine fähigsten Künstler arbeiteten. Dazu muss man wissen, dass sich die Werkstatt des Meisters über zwei Stockwerke erstreckte: das Untergeschoss, wo die einfachsten Arbeiten verrichtet wurden, wie Leinwände zuschneiden, Farbabstufungen mischen und Rahmen zusammennageln, und das Obergeschoss, wo die Talentiertesten tätig waren.

Leonardo war mehr der Malerei als der Bildhauerei zugetan. Einmal sagte er sinngemäß:

Die Malerei ist unkomplizierter. Des Bildhauers Gesicht ist stets voller Staub und sein Rock von morgens bis abends mit feinen Splittern übersät. Wie anders der Maler. Dieser steht in Ruhe vor seiner Leinwand und tut nichts als malen. Er ist gut gekleidet und bewegt nur die feinsten Pinsel mit den anmutigen Farben.

Das Malen war jedoch nicht seine einzige Beschäftigung. All die Berufe aufzulisten, die Leonardo ausübte, ist gar nicht so leicht. So war er nicht nur Maler und Bildhauer, sondern auch Mathematiker, Anatom, Botaniker, Physiologe, Geologe, Hydrologe, Dichter, Mechaniker, Bühnenbildner, Architekt, Erfinder von Kriegsmaschinen und sogar Musiker. Hubschrauber entwarf er, Bagger, Flugzeuge, Fallschirme, Tauchanzüge, U-Boote, Luftschiffe, Raumschiffe, mehrrohrige Kanonen, Panzer, Zirkel, Öfen, Wendeltreppen (wie zum Beispiel die des Loire-Schlosses Chambord) und Entwässerungssysteme. Ist heutzutage jemand auf mehr als einem Gebiet firm, spricht man von einem «Hansdampf in allen Gassen», wobei diese Bezeichnung nicht unbedingt als Kompliment gemeint ist. Dabei kann man sicher behaupten, dass Leonardo da Vinci der größte «Hansdampf in allen Gassen» aller Zeiten war.

Der Sciencefiction-Autor Manley Wade Wellmann erzählt in einem Roman von einem Amerikaner, der ein System erfand, Zeitreisen zu unternehmen. Er reiste zurück in das Florenz des späten 15. Jahrhunderts, und indem er all das nutzte, was er in unseren Tagen gelernt hatte, entwarf er hier Dutzende und Aberdutzende von Maschinen und Geräten, die er alle mit dem Pseudonym Leonardo da Vinci signierte.

Leonardos wichtigste Regel war die exakte Proportion: Ob er nun ein Bild malte oder eine Maschine entwarf, das Verhältnis zwischen dem Zentrum und dem übrigen Werk war immer perfekt. Zudem steckt in jedem seiner Meisterwerke etwas Besonderes, das es unvergesslich macht. Nehmen wir zum Beispiel drei seiner berühmtesten Frauenporträts: die *Mona Lisa*, die *Ginevra Benci* und die *Dame mit dem Hermelin*. Alle drei scheinen zu lächeln? Doch woran denken sie? Und warum lächeln sie? Ist es Leonardo, der sie nachdenklich macht? Aber aus welchem Grund? Auf diese Fragen antwortet Freud sinngemäß: «Im Antlitz der schönen Florentinerin scheinen die Gegensätze des weiblichen Liebeslebens auf. Wir finden die Zurückhaltung wie die Verführung, die Zärtlichkeit wie die Sinnlichkeit.»

Irgendjemand hat behauptet, in der *Mona Lisa* habe Leonardo sich selbst porträtieren wollen. Doch egal wie, jedenfalls vertritt Leonardo in seiner «Abhandlung über die Malerei» die Ansicht, die Malerei sei die Tochter der Dinge, die ihrerseits die Töchter der Natur seien, woraus wir folgern können, dass die Natur die Großmutter der Malerei ist. Dann stellt er klar, dass das Malen eine zweidimensionale, das Schauen aber eine dreidimensionale Tätigkeit sei. Daher müsse sich ein Künstler stets über beide Notwendigkeiten im Klaren sein und gleichzeitig die zwei Dimensionen des Gemäldes wie auch die drei Dimensionen des Blickes beachten.

An einer anderen Stelle sagt Leonardo sinngemäß:

Ein guter Maler malt immer zwei Dinge, den Menschen und die Vorstellungen, die er dazu im Kopf hat.

Doch nicht immer lief alles nach Wunsch für ihn. Er war zwanzig, als er in einem anonymen Brief beschuldigt wurde, sich zusammen mit drei Gefährten aus der Werkstatt mit homosexuellen Handlungen an einem Jungen namens Jacopo, der ihnen Modell gestanden hatte, vergangen zu haben. Aus Mangel an Beweisen wurde der Vorwurf schließlich fallen gelassen. Aber völlig aus der Luft gegriffen war er deswegen sicher nicht. Es wird seinen Grund haben, dass man Homosexualität zu jener Zeit auch das «florentinische Laster» nannte. Wie auch immer, jedenfalls zog die Sache einen heftigen Streit mit seinem Vater nach sich sowie Leonardos Entschluss, von zu Hause fortzugehen und sich eine eigene Unterkunft zu suchen.

Im Jahr 1582 sandte Lorenzo de' Medici Leonardo nach Mailand, um dem dortigen Herrscher Ludovico Sforza, auch *Il Moro* genannt, eine silberne Laute als Geschenk zu überbringen. Damit begannen Leonardos Mailänder Jahre, während derer er selbst Laute zu spielen begann und als Militäringenieur der Familie Sforza Festungsanlagen und Belagerungsgeschütze entwarf.

Laut Vasari war Leonardo auch ein guter Karikaturist. Begegnete ihm auf der Straße zufällig jemand mit einem komischen Gesicht, konnte er sich stundenlang an dessen Fersen heften und ihn beobachten, um ihn dann, nach Hause zurückgekehrt, ganz getreu nachzuzeichnen. So ist eine Zeichnung vom ihm erhalten, auf der sechs äußerst komische Gesichter zu sehen sind. Lebte er heute, würde Leonardo vielleicht die politischen Karikaturen auf der ersten Seite einer Tageszeitung zeichnen.

Vom Charakter her war Leonardo ein fröhlicher Mensch. Er scherzte viel und erzählte auch gern Witze. Nach dem Vorbild des VI. Tages von Boccaccios *Decamerone* konnte er manchmal sogar vulgär sein. In seinen Aufzeichnungen findet sich der Satz: *Nuovo cazzo, cazzuolo, cazzellone, cazza-*

*tello, cazzata, cazzelleria, cazzo inferrigno e cazzo erbato.** Was Leonardo damit sagen wollte, weiß ich auch nicht, aber mir gefällt die Vorstellung, dass sich das große Genie mit solch einem Kinderreim vergnügte.

Dass Leonardo schwul war, steht außer Zweifel. Deswegen aber zu folgern, Sexualität habe in seinem Leben eine besonders große Rolle gespielt, wäre verfehlt. In einer Schrift spricht er sich sogar gegen den Geschlechtsverkehr aus. Genauer schreibt er:

Der Akt des Beischlafs und die daran beteiligten Körperteile sind so entsetzlich, dass, gäbe es da nicht die Schönheit der Gesichter, die Menschheit längst ausgestorben wäre.

Dennoch nahm er im Jahr 1490 einen gewissen Giacomo, auch Salaì genannt, einen zehnjährigen blond gelockten Knaben von außerordentlicher Schönheit, in seiner Werkstatt auf. Das Bürschchen aber bestahl ihn immer mal wieder. Leonardo schreibt:

Gestern hat mir Giacomo vier Lire gestohlen. Ich konnte ihn nicht dazu bringen, die Tat einzugestehen. Dennoch weiß ich sicher, dass er es getan hat. Er ist unverbesserlich, ein Lügner, ein Naschmaul und Dieb!

Freud erzählt, Leonardo habe in seinem Leben die verschiedensten Schüler gehabt, alle sehr jung und auffallend schön.

* Abwandlungen von ital. *cazzo* – «Schwanz», auch «männliches Glied» (Anm. d. Übers.)

Er war gütig und nachsichtig mit ihnen, kümmerte sich um ihr Fortkommen und stand ihnen auch bei, wenn sie krank waren, fast so, als wäre er deren Mutter. Da er sie aber allein ihrer Schönheit und nicht ihres Talents wegen ausgesucht hatte, wurde aus keinem Einzigen von ihnen ein großer Maler.

Leonardos letzter junger Freund hieß Francesco Melzi. Diesen nahm er auch mit nach Amboise, ins Schloss Cloux, wohin er sich nach dem Zwist mit den Sforza geflüchtet hatte. Francesco blieb bis zum Ende seiner Tage bei ihm und wurde auch sein Erbe.

Was soll man dazu sagen? Gar nichts: Angesichts dessen, was Leonardo uns allen hinterlassen hat, sehe ich ihm alles nach, vorausgesetzt, es gäbe da überhaupt etwas nachzusehen.

habe ich mich immer gefragt, warum ich selbst eigentlich nicht schwul geworden bin. Soweit ich weiß, waren meine geliebten griechischen Philosophen alle zumindest bisexuell und schämten sich keineswegs, dies offen zuzugeben. Als dann aber die katholische Kirche das Feld betrat, wurde jedwede Form der Sexualität, die nicht auf Zeugung ausgerichtet war, kriminalisiert. Aber apropos Griechen sei an dieser Stelle an den wirklich aufschlussreichen letzten Teil von Platons Symposion erinnert. Man sitzt beisammen und diskutiert über die Liebe, als Alkibiades, gefolgt von einer Schar Fans, beim Festmahl erscheint. Er ist betrunken. Eine Flötistin muss ihn stützen, damit er nicht umfällt. Er betritt also den Raum, und sowie er Sokrates neben Agathon sitzen sieht, schwillt ihm der Kamm.

«Wusst' ich's doch», fährt er Sokrates an, «du sitzt neben dem Schönsten. Stets findest du einen Vorwand, jenen an deiner Seite zu haben, den du gerade begehrst.»

Und indem er sich an die anderen Philosophen wendet, fügt er hinzu: «Seht ihr diesen Mann? Ich liebe ihn. Für mich ist er bewundernswerter noch als Marsyas; jenem gelang es durch seine Musik, Menschen zu verzaubern, er aber erreicht das Gleiche durch bloße Worte. Höre ich ihn reden, beginnt meine Seele zu tanzen, und meine Augen füllen sich mit Tränen. Ach, wüsstet ihr doch, wie sehr er mich leiden lässt! Unter allerlei Vorwänden versuchte ich, ihm nahe zu kommen. Einmal widmeten wir uns gemeinsam den Leibesübungen. Eng umschlungen rangen wir miteinander, aber ihn ließ das kalt, obwohl wir uns doch umarmten. Bei anderer Gelegenheit lud ich ihn zum Mahle in mein Haus ein, gerade so, wie ein Liebhaber seinem Liebling nachstellt. Aber was soll ich sagen, ich hatte weiter nichts davon. Sogar Seite an Seite in meinem Bett ruhten wir, doch zu mehr kam es nicht, denn er wies mich ab, indem er mir sagte: ‹O guter Alkibiades, wenn ich dich recht verstanden habe, willst du mit mir in Gemeinschaft treten und deine Schönheit des Leibes gegen meine Schönheit, die des Geistes, austauschen. Nun, glaubst du nicht, mich damit zu übervorteilen, so wie ein Händler, der Kupfer gegen Gold tauschen will, indem du für den bloßen Schein der Schönheit deren Wesen zu erlangen trachtest?›»

Doch abgesehen von Sokrates und seinen Anhängern erinnere ich mich in puncto Schwulsein an ein einschneidendes Erlebnis in meiner Jugend. Ich ging wohl in die vierte Volksschulklasse, als eines Morgens ein Klassenkamerad von der Toilette zurückkam und laut verkündete: «De Simone hat meinen Pillermann angefasst.»

Tja, und seit jenem Tag war es um den Frieden des armen De Simone geschehen. Auf dem Weg aus der Schule umringte ihn die ganze Klasse und rief: «Schwuler, Schwuler, Schwuler!»

Und der arme Kerl wurde rot wie eine Paprika. Angesichts dessen gelangte ich zu der Überzeugung, dass es im Leben nichts Schlimmeres geben könne, als schwul zu sein. Schlimmer noch als ein Dieb, ein Dummkopf oder Verbrecher. Und so kam es, dass ich in Sachen Sexualität eine bestimmte Richtung einschlug. Hätte ich im Griechenland des 5. Jahrhunderts v. Chr. gelebt, wäre vielleicht ein Alkibiades aus mir geworden.

VII

Lorenzo de' Medici

Von Reinkarnation halte ich nichts: Auch wenn ich schon mal gelebt haben sollte, was bringt es mir, wenn ich von den früheren Leben gar nichts mehr weiß? Es sind nicht das Herz, die Leber oder die Lunge, die den Menschen ausmachen. Die können verpflanzt werden. Nein, auf das Gehirn kommt es an, und damit auch auf die Erinnerung. Wird das Gehirn nicht wiedergeboren, ist das Ergebnis ein anderer Mensch. Käme ich jedoch in die Lage, entscheiden zu müssen, welche Persönlichkeit aus vergangenen Zeiten ich gerne gewesen wäre, würde ich nicht lange zögern. Meine Wahl fiele auf Lorenzo de' Medici.

In der Chemie versteht man unter Katalysator einen Stoff mit der Fähigkeit, laufende Prozesse zu beschleunigen. Mit anderen Worten, eine Art Wundersubstanz, die bewirkt, dass sich die «guten Kräfte» mächtig ins Zeug legen, sich zusammentun und miteinander verbinden. Nun, und so ein Katalysator war Lorenzo de' Medici, ein Katalysator der Renaissancekultur. Noch bevor er sich so richtig in die Politik stürzte, brachte er in Florenz die besten Leute zusammen, die in den Bereichen Kunst und Kultur zu Hause waren. Die Liebe zur Kunst war bei ihm weit ausgeprägter als die Liebe zur Macht. Guicciardini bezeichnete ihn einmal als Zünglein an der Waage der italienischen Kultur. Sicher, er hatte auch das Glück, aus einer reichen Familie zu stammen, doch durch sein Wirken verdiente er sich später voll und ganz diese Herkunft aus dem Hause Medici.

Damit hier keine Missverständnisse aufkommen: Lorenzo war kein Philosoph. Dessen ungeachtet verdankt ihm die Philosophie der Renaissance aber dennoch sehr viel. Er förderte die bedeutendsten Philosophen seiner Zeit, so etwa Marsilio Ficino und Pico della Mirandola, aber auch solch hervorragende Künstler wie Leonardo da Vinci, Angelo Poliziano oder Luigi Pulci. Lorenzo hatte zwei Söhne, von denen ihm aber keiner in besonderem Maße nachgeschlagen war: Der ältere, Piero, war ein großer Chaot, und für den jüngeren, Giovanni, gab es im Leben nichts anderes als die Kirche, und so ist es kein Zufall, dass er später unter dem Namen Leo X. zum Papst gewählt wurde.

An Lorenzo de' Medici erinnert man sich heute hauptsächlich wegen dieser vortrefflichen Verse:

Quant' è bella giovinezza,
Che si fugge tuttavia!
Chi vuol essere lieto, sia:
Di doman v'e certezza.

Jugend spielt auf schönen Wangen
Und entflieht in graue Ferne;
Wer sich freuen will, der lerne:
*Jedes Morgens ist verhangen.**

Weitere Werke sind *Das Gastmahl, Die Falkenjagd, Karnevalslieder* und eine Dichtung mit dem Titel *Das Streitgespräch*,

* Übersetzung von B. Goetz (Anm. d. Übers.)

in der er die platonische Liebe preist. So schrieb er folgende Verse:

Amando Dio ci si converte
*e amando l'amore ci si dilata.**

Das Glück eines langen Lebens war Lorenzo nicht beschieden. Als es mit ihm zu Ende ging, soll, wie schon beim Tod Julius Caesars, mitten am Himmel ein Komet erschienen sein. Weiter heißt es, man habe einen berühmten Arzt herbeigerufen, der ihm einen Wundertrank aus zerkleinerten Perlen und Diamanten reichte. Lorenzo trank ihn und verstarb. Es war das Jahr 1492, jenes Jahr, in dem Christoph Kolumbus Amerika entdeckte.

* «Gott zu lieben, bekehrt uns / die Liebe zu lieben, erweitert uns.» (Anm. d. Übers.)

macht mich sein berühmtes «Quant' è bella giovinezza …» nachdenklich. Vor allen Dingen frage ich mich: Ist die Jugend wirklich so schön? Ja, möchte ich spontan antworten, aber dann lasse ich mir die Sache ein wenig durch den Kopf gehen, und mir kommen Zweifel.

Schön sind wir, wenn wir jung sind, um dann, so wie die Jahre vergehen, immer unansehnlicher zu werden. Zum Ausgleich dafür kommt man aber recht dumm auf die Welt und wird mit der Zeit immer weiser und sensibler. Nicht zufällig lassen wir Alten uns mindestens einmal am Tag von irgendetwas anrühren. Ich habe schon alte Leute erlebt, denen bereits beim Anschauen von Zeichentrickfilmen im Fernsehen die Tränen kamen.

Insbesondere für Frauen gilt: je jünger, umso schöner. Dazu fallen mir zwei Erlebnisse ein: Einmal fuhr ich meine Tante Assunta besuchen, eine sechsundachtzigjährige Dame mit zwei Hochschulabschlüssen, die in einem Altersheim in der Provinz Neapel lebt, das als Villa Pace bekannt ist. Tante Assunta stellte mich sogleich ihren Freundinnen vor, alles Damen so um die Achtzig, in ihrem Alter eben. Es war ein schöner, sonniger Tag, und wir aßen im Freien und unterhielten uns über alles Mögliche. Über die Gegensätze zwischen Nord- und Süditalien, über Politik, übers Fernsehen und sogar über Nietzsche. Die Damen machten geistig alle einen sehr wachen Eindruck, doch als ich wieder ging, war mir furchtbar schwer ums Herz: Ich hatte mit Menschen gespeist, die nun schon, mehr oder weniger, am Ende ihres Lebens angelangt waren. Und ich musste daran denken, wie ich einmal bei Gianni Boncompagni in seiner Sendung «Non è la Rai» zu Gast war. Auch dort saß ich mit einer Schar Frauen zusammen, allerdings viel jüngeren, so zwischen sechzehn und zwanzig. Nun, ich will es nicht verschweigen: Die Mädchen bei Boncompagni waren nicht eben an tief schürfenden Gesprächen interessiert. Sie lachten bei jeder Kleinigkeit und hüpften und sprangen ständig zur Musik herum. Welch ein Unterschied zu den Freundinnen meiner Tante Assunta, mit ihren Taschentüchern, den fingerdicken Brillengläsern und ihren Stöcken. Aber im Gegensatz zu meinem Besuch in der Villa Pace verließ ich fröhlich und gut gelaunt das Fernsehstudio. Warum? Na, das lag an meinem Unterbewusstsein, jenem simplen, um nicht zu sagen dummen Steuerungsmechanismus in unserem Hirn. Denn für mein Unterbewusstsein standen die Freundinnen von Tante Assunta für den Tod, während die Mädchen bei Boncompagni das Leben verkörperten.

Die Schönheit kann auch eine Art Zeitmesser sein. Manchmal setze ich mich auf ein Mäuerchen in der Via Caracciolo in Neapel und beobachte die Menschen, die vorbeispazieren. Ich sehe ein junges, schönes Mädchen an der Hand eines jungen Mannes. Alle beide lachen. Ich betrachte ihre Hände. Ihre Finger sind verschränkt. Sie sind glücklich. Beneidenswert glücklich. Dann sehe ich einen kleinen Jungen mit seiner Mama: Er wird vielleicht zwei Jahre alt sein und ist das hübscheste, was man sich auf Erden nur vorstellen kann. Schöner gar als der Vesuv. Vielleicht wird auch er eines Tages, so wie ich, einen Bandscheibenvorfall erleiden, doch hier und jetzt ist er glücklich: Er rennt einem Hündchen nach. Auch das Hündchen ist glücklich. Ein alter Mann kommt vorbei. Er wird fast neunzig sein. Neben ihm eine

Frau, auf deren Arm er sich stützt. Vielleicht ist er ihr Vater. Aber der Altersunterschied kommt mir schon sehr groß vor. Vielleicht ihr Großvater. Auch er war früher einmal jung und schön. Vor der Schule hat er auf seine erste Liebe gewartet, die ihm, errötend, «Ich liebe dich» zuflüsterte. Dann verging die Zeit, und jenes Glück war nur noch Erinnerung.

Ich sehe ein Taxi vorbeifahren. Auch die Taxis kommen mir gealtert vor. Vor fünfzig Jahren waren sie grün, vor zwanzig gelb, jetzt sind sie weiß. Wie meine Haare übrigens.

Schönheit allein reicht aber nicht aus, um uns glücklich zu machen. Dazu gehören auch die Gefühle, die mit ihr einhergehen. Der große Unterschied ist lediglich der, dass man Schönheit sehen kann, Gefühle aber nicht. In diesem Zusammenhang dichtete Lorenzo de' Medici:

Se a ciascun l'interno affanno,
si leggesse in fronte scritto,
molti che invidia già ci fanno
ci farebbero pietà.*

Als mir mein geliebter Professor Renato Caccioppoli einmal den arithmetischen Mittelwert erklärte, sagte er zu mir: «Das Leben bringt uns die Freuden fast alle, wenn wir jung sind. Die Leiden hingegen, wenn wir alt sind. Willst du die Durchschnittsqualität deines Lebens verbessern, brauchst du dich nur umzubringen.» Er selbst beherzigte seine Worte und nahm sich im Alter von fünfundfünfzig Jahren das Leben.

* «Stände jede unsrer Sorgen / auf die Stirn uns geschrieben / viele, die uns heut beneiden / würden nur noch Mitleid zeigen.» (Anm. d. Übers.)

VIII

Pietro Pomponazzi

Pietro Pomponazzi, auch als Peretto bekannt, kam im Jahr 1462 in Mantua zur Welt und bewegte sich sein ganzes Leben lang nie allzu weit von dort fort. Er unterrichtete Philosophie an der Universität von Padua und, wie es heißt, auch auf der Straße. Man brauchte ihn nur anzusprechen und ihm irgendeine Frage zu stellen, und schon begann er, einen Vortrag zu halten, wobei er sich am liebsten auf Aristoteles berief.

Zu jener Zeit gab es an den italienischen Hochschulen den so genannten *cuncurrens*. Das war ein Gelehrter, der im Verlauf der Vorlesung eine Gegenposition zu den Erklärungen des Magisters bezog. Pomponazzi nun geriet sich einmal so heftig mit seinem eigenen *cuncurrens* in die Haare, dass er daraufhin beschloss, Padua zu verlassen und nach Ferrara zu ziehen. Dort nistete er sich, wie bei Intellektuellen häufig Brauch, im Haus eines reichen Gönners ein, hier des Fürsten von Carpi, und ruhte sich auf seinen Lorbeeren aus, bis ihm eine Stelle als Professor an der Universität von Bologna angeboten wurde, die er aber nur unter einer Bedingung annahm: Es durfte dort keinen *cuncurrens* geben, der ihm auf die Nerven gehen konnte.

Theologisch vertrat er den Standpunkt, Gott habe irgendwann einmal die Welt geschaffen und sich dann völlig von ihr abgewandt. Vielleicht, weil er anderes zu tun hatte. Und so war für Pomponazzi der Mensch ganz allein für alles verantwortlich, was so in seinem Leben passierte. Umso verwerflicher, wenn er sich vom Bösen leiten ließ. Zu dieser Theorie verfasste er einige Abhandlungen, als da wären: *De libero arbitrio (Über den freien Willen), De fato (Über das Schicksal)* und *De incantationibus.*

Sein wichtigstes Buch aber war *De immortalitate animae (Über die Unsterblichkeit der Seele)*, in dem er klipp und klar erklärte, anders als man gemeinhin glaube, sterbe die Seele gleichzeitig mit dem Leib und löse sich dann in Luft auf, was ausreichte, um das Buch sogleich auf den Index zu bringen.

Laut Pomponazzi gibt es zwei Wege, Dinge zu erklären: erstens durch den Glauben an Gott, zweitens durch die Vernunft. Stützen wir uns auf die Religion, können wir an Wunder glauben, vertrauen wir der Vernunft, ist das nicht mehr möglich. Wenn überhaupt, so sagt er, können wir gewisse Ereignisse dem Einfluss der Sterne zuschreiben. Sogar die Religionen entstünden und vergingen, so wie es in den Sternen geschrieben stehe. Man kann also sagen, Pomponazzi glaubte nicht an Heilige, dafür aber an Horoskope.

Genau wie Sokrates war er überzeugt, die wahre Belohnung für ein tugendhaftes Leben bestehe in diesem selbst, und nur ein Tier könne die Bosheit der Güte vorziehen. Als tüchtiger Philosoph, der er war, konnte er andererseits das Problem der Seele nicht außer Acht lassen: Gibt es sie, oder gibt es sie nicht? Und wenn es sie gibt, ist sie sterblich oder unsterblich? Handelt es sich um eine ewige Seele oder um eine, die bloß auf Zeit ihren Dienst versieht.

Aristoteles unterschied ja zwischen drei verschiedenen Arten von Seelen: der *rationalen* Seele (also der des Menschen), der *sensitiven* Seele (der der Tiere) und der *vegetativen* Seele (der der Pflanzen). Was er nicht richtig einzuordnen wusste, war lediglich die Seele der Schwämme, und ich selbst muss gestehen, auch nie so richtig verstanden zu haben, ob Schwämme nun Pflanzen oder Tiere sind.

Trotz seiner Anlehnung an Aristoteles hat nun Pomponazzis Vorstellung von der Seele nur noch wenig mit der aristotelischen Seelenlehre gemein. Für ihn war sie so ein Mittelding zwischen dem Materiellen und dem Immateriellen. Wir können auch sagen, für ihn war sie an der Grenze zwischen zwei verschiedenen Seinsweisen anzusiedeln: Als immateriell galt sie ihm verglichen mit dem Materiellen und als materiell verglichen mit dem Immateriellen.

All das ging der Kirche natürlich mächtig gegen den Strich, betrachtete sie doch die Unsterblichkeit der Seele als einen der Grundpfeiler ihrer Lehre. Wer behauptete, die Seele werde den Leib nicht überleben, tat im Grunde nichts anderes, als das ganze System von Belohnung und Bestrafung, das etwa Dante Alighieri besungen hat, zu leugnen.

Pomponazzi setzte alles daran, seine aristotelischen Auffassungen mit dem Christentum in Einklang zu bringen, doch so sehr er sich auch mühte, es wollte ihm nicht wirklich gelingen. Er kam der Kirche gar so weit entgegen zu behaupten, die Seele *odorat*, das heißt, sie rieche nach Unsterblichkeit, aber das nützte ihm nun auch nichts mehr. Begleitet von einer Schar psalmodierender Mönche und eines geifernden Pöbels wurden seine Bücher zu einer Piazza in Venedig transportiert und öffentlich verbrannt.

wollen wir hier noch mal eingehender über die Seele reden. Gibt es sie, oder gibt es sie nicht? Und wenn es sie gibt, ist sie sterblich oder unsterblich? Nun, ob Sie es glauben oder nicht, das ist eine Frage, die sich, angefangen bei Platon, fast alle großen Denker der Vergangenheit gestellt haben. Machen wir uns also selbst auch noch ein paar Gedanken, und sehen wir mal, was dabei herauskommt.

Zunächst fragen wir uns einmal, in welchem Körperteil die Seele wohl stecken mag. Im Herzen sicher nicht, das ist nichts weiter als eine geistlose Pumpe. Nicht im Hirn, das dazu bestimmt ist, früher oder später (hoffentlich später) von Würmern zerfressen zu werden, und nicht in der Luft, die uns umgibt, denn auch deren Tage sind gezählt. Dass wir sterben werden, wissen wir. Dass die Atome, aus denen wir bestehen, eines Tages auseinander fallen, ebenfalls. So bleibt uns also nichts anderes übrig, als darauf zu hoffen, dass eine körperlose Kopie von uns selbst in eine andere Welt hinübergeht. Aber in was für eine?

Manche vertreten die Auffassung, die Seele existiere seit jeher, sie habe sich irgendwann, ganz früher einmal, im Menschen eingenistet, um von einer Generation auf die nächste überzugehen. Aber wann war das, wann tauchte die Seele zum ersten Mal im Menschen auf? Vor zwei Millionen Jahren, als ich noch als homo abilis *herumlief, oder vor anderthalb Millionen Jahren, als ich mich aufrichtete und mein Debüt als* homo erectus *gab. Oder vielleicht gerade mal vorgestern (vor hunderttausend Jahren), als ich mir als Neandertaler einen Namen machte. Dann haben vielleicht auch Tiere eine Seele? Also, ich weiß nicht … Kakerlaken zum*

Beispiel, das kann ich mir nicht vorstellen … aber vielleicht Hunde.

Die einzige Rettung, die uns bleibt, ist das Jenseits. Worum handelt es sich dabei? Das Jenseits, vorausgesetzt es existiert so etwas, muss ganz anders als unser Diesseits sein. Die Welt, in der wir leben, besteht aus vier Dimensionen, drei räumlichen und einer zeitlichen. Das Jenseits hingegen könnte sehr viel mehr Dimensionen haben, vielleicht zehn oder zwanzig, und gleichzeitig die Zeit nicht kennen. Es hat also keinen Sinn, sich zu fragen, wohin wir «danach» gehen werden oder wo wir «zuvor» waren, denn sowohl «danach» als auch «zuvor» sind Begriffe, die an die Zeit gebunden sind.

Nur eins ist sicher, und das ist die Tatsache, dass es uns bis heute noch nicht gelungen ist, Kontakt zu unseren Ahnen im Jenseits aufzunehmen, ganz gleich, was alle Medien, Magier und sonstige Betrüger dieser Welt dazu behaupten mögen. Noch nicht mal mit dem Handy kommen wir durch, und das sagt schon alles. Offensichtlich fehlt uns die richtige Vorwahl.

IX

Erasmus von Rotterdam

Desiderius Erasmus kam im Jahr 1466 in Rotterdam zur Welt. Seine Geburt war die Folge einer zufälligen Begegnung zwischen einer Witwe namens Margarethe und einem in den Laienstand versetzten Priester, einem gewissen Rotger Geertzs (eine Tatsache, die ihm von klein auf einen entsetzlichen Minderwertigkeitskomplex bescherte). Mit fünfzehn wurde er ins Kloster gesteckt, und zwar von seinen Onkeln, die ebenfalls Priester waren und sich sogleich sein Erbe unter den Nagel rissen. Wer weiß, vielleicht war das der Grund, warum er fortan alle Priester hasste, mit denen er es zu tun bekam. Dabei glaubte er schon an Gott, aber sein Glaube orientierte sich allein an dem, was Jesus gesagt hatte, und an sonst nichts.

Im Kloster schloss Erasmus eine sehr enge Freundschaft mit seinem Zellengenossen Servazio. Dabei wird die Bezeichnung Freundschaft dieser innigen Verbindung vielleicht noch nicht einmal gerecht, denn wenn in späteren Jahren irgendjemand diesen Freund nur erwähnte, brach Erasmus sogleich in Tränen aus. Allerdings war es auch keine homosexuelle Beziehung, ganz und gar nicht, denn wie es aussieht, verkehrte Erasmus nur mit Prostituierten. Aber es war eben so, dass in der damaligen Zeit enge Freundschaften zwischen Männern sehr verbreitet waren. Der Historiker Johann Huizinga erzählt, dass im 16. Jahrhundert viele Freundespaare

Essen, Bett und Zimmer miteinander teilten und sich auch noch in der Garderobe farblich aufeinander abstimmten.

Mit der Zeit wurden Erasmus die Klostermauern viel zu eng, und er begann, wie ein Besessener herumzureisen. In Neapel sagt man, wenn jemand nicht an einem Fleck bleiben kann: «*Ca tene arteteca*» (sinngemäß: «Der hat Flöhe im Hintern»). Und das war bei Erasmus wirklich der Fall. Nicht mal eine Woche hielt er es irgendwo aus: Von Rotterdam reiste er nach Paris, von Paris nach London, von London Richtung Rom, um dann im nächsten Monat schon wieder nach London zurückzukehren.

Auf seinen Reisen lernte er natürlich viele Leute kennen. Besonders hervorzuheben ist darunter ein englischer Lord namens Thomas More, mit dem er sein Leben lang befreundet blieb. Erasmus und Thomas Morus, wie er auch genannt wurde, hatten viele Gemeinsamkeiten: Beide waren Kleriker und gleichzeitig scharfe Kritiker ihrer Religion, jedenfalls so, wie sie von den Kirchenoberen gehandhabt wurde.

Berühmt wurde Erasmus' Auseinandersetzung mit Martin Luther. Glaubte Ersterer an die Eigenverantwortlichkeit des Menschen, so Luther an die Prädestination. Beide schrieben Abhandlungen, in denen sie in rüdester Weise übereinander herzogen. Erasmus' Schrift trug den Titel *De libero arbitrio … (Vom freien Willen)*, worauf Luther mit *De servo arbitrio (Vom unfreien Willen)* antwortete.

Erasmus' Buch aber, das uns hier als einziges interessiert, trägt den Titel *Lob der Torheit* und erschien in zwölf verschiedenen Sprachen und vierzig Ausgaben. Erasmus widmete es seinem Freund Morus, mit dem Hinweis auf das griechische Wort *moros* für «Tor, Narr». Die Idee zu dem Werk soll Erasmus bei einer Alpenüberquerung zu Pferd gekommen sein. Solange er im Sattel saß, war er zur Untätigkeit verdammt und konnte nichts anderes tun, als seine Gedanken zu sammeln. Aber kaum hatte er wieder einen Fuß auf festen Boden gesetzt, da begann er schon, alles niederzuschreiben. Gerade mal eine Woche soll er für die Schrift, die er in London, im Haus von Thomas More, beendete, gebraucht haben. Die Protagonistin des Werkes ist die Torheit.

Schon auf den ersten Seiten stellt sich die schöne Dame den Lesern mit der Erklärung vor, alles, was das Leben lebenswert mache, sei ihr Werk, und beginnt gleich, einige ihrer Verdienste aufzuzählen.

Warum wurden wir geboren?, fragt sie. Weil sich unsere Eltern seinerzeit ineinander verliebten. Aber was ist die Liebe anderes als eine Form des Wahnsinns? Und in diesem Sinne argumentiert sie weiter: Wir lieben Musik. Aber war es nicht ein Wahnsinniger, der sie einst, versonnen die Augen schließend, komponierte? Wir besuchen ein Museum und betrachten voller Begeisterung eine Statue des Phidias oder ein Gemälde Michelangelos. Doch sind nicht auch die Malerei und die Bildhauerei Manifestationen der Torheit? Und das Gleiche gilt für alle Dinge, die dem Leben in irgendeiner Weise Würze geben: ein gutes Essen im Kreis von Freunden, Liebe, Ruhm, Jugend, Eitelkeit, Zirkus, Aberglaube, Glücksspiel und sogar der Glaube. *«Weisheit verhält sich zur Torheit»*, sagt Erasmus, *«wie die Vernunft zu den Empfindungen.»** Denken Sie mal drüber nach, und Sie werden dem zustimmen.

Im elften Kapitel seines *Lobs der Torheit* schreibt Erasmus:

* Vgl. Johann Huizinga, *Erasmus*

Sagt mir, ist etwa dem Kopfe, dem Gesicht, der Brust, der Hand und dem Ohre, die doch alle für acht- und ehrbare Glieder gelten, die Fähigkeit verliehen, Götter und Menschen hervorzubringen? Doch wohl nicht. Vielmehr hat sie ein gewisser Teil, der so närrisch, so drollig aussieht, dass man ihn nicht nennen kann, ohne zu lachen. Aus dieser heiligen Quelle schöpft jedes Wesen sein Leben, und zwar mit größerer Bestimmtheit als bei Pythagoras aus der Vierzahl.

(...) Welcher Mann aber, ich beschwöre euch, möchte sein Haupt wohl unter das Joch der Ehe beugen, wenn er die Last und Plage des Ehestandes vorher gehörig erwogen hat. Welche Frau würde einen Mann zu sich lassen wollen, wenn sie wüsste oder sich bedächte, wie gefährlich und beschwerlich die Entbindung und wie mühsam die Erziehung der Kinder ist.

*Schön also ist das Leben nur, wenn wir das Denken unterlassen.**

Derselben Ansicht ist Platon, wenn er Sokrates sagen lässt:

*Die großen Taten sind Früchte des Wahnsinns, den die Götter dem Menschen zugestehen, und ebenso ist ein Werk des Wahnsinns die Liebe, die ein Mensch für einen anderen hegt.***

Übrigens hat man kürzlich erst herausgefunden, dass sowohl am Verlieben als auch am Wahnsinn dasselbe Hormon beteiligt ist, das so genannte Oxytocin, das von der Hirnanhangsdrüse produziert wird und einerseits die Gebärmutter stimulieren und andererseits die Gehirntätigkeit verändern

* Vgl. Erasmus von Rotterdam, *Lob der Torheit*, Kapitel 11
** Vgl. Platon, *Phaidros*, Kapitel 22

kann. Und so kann man sich fragen: Geht der Wahnsinn dem Sichverlieben voraus, oder ist es umgekehrt. Für Erasmus kommt zuerst der Wahnsinn, für den neapolitanischen Komiker Nino Taranto die Verliebtheit: Zuerst ist man vernarrt, und dann macht man sich zum Narren. In einem seiner berühmten Lieder aus den Vierzigerjahren heißt es:

La faccia del pazzo l'ho fatta per te.
Il viso del folle lo tengo per te,
Ho venduto trecento carrozze,
Quattro penne di struzzo e un arazzo,
*La faccia del pazzo l'ho fatta per te.**

Apropos Torheit – zum Schluss noch eine kleine Kuriosität am Rande. Zu den zahlreichen Bewunderern von Erasmus scheint auch Silvio Berlusconi zu gehören. Im Vorwort einer Ausgabe des *Lobs der Torheit* wird der aktuelle italienische Ministerpräsident mit dem Geständnis zitiert, die größten Erfolge habe er immer dann erzielt, wenn er auf sein Herz und nicht auf seinen Verstand gehört habe.

Neben seinen Schriften zum *Lob der Torheit* und *Vom freien Willen* (auf die Luther polemisch mit *De servo arbitrio, Vom unfreien Willen,* antworten sollte) verfasste Erasmus eine bedeutende Sprichwörter- sowie eine Aphorismensammlung mit dem Titel *Erziehung des christlichen Fürsten*, ein Text, in dem der erste Ratschlag lautet, nur dem die Geschicke eines

* «Zum Narren habe ich mich für dich gemacht / Den Wahnsinnigen habe ich für dich gespielt / Dreihundert Kutschen habe ich für dich verkauft / Vier Straußenfedern und einen Wandteppich / Zum Narren habe ich mich für dich gemacht.» (Anm. d. Übers.)

Landes anzuvertrauen, der dieser Aufgabe auch gewachsen ist.

Wem vertraut man auf See das Steuer an? Einem Mann, der ein Schiff zu steuern versteht, oder einem anderen, der sich durch Schönheit und edle Herkunft auszeichnet?

Es folgen weitere Hunderte von Ratschlägen, die sich alle mehr oder weniger, wie der zitierte, von selbst verstehen.

Erwähnenswert schließlich auch zwei Schriften, in denen Erasmus zur Ehe und zur Ehescheidung Stellung bezieht. In *Christiani matrimonii institutio* betont er, in der Ehe sei das Gespräch weit wichtiger als das Aussehen der Partner, und in den *Colloqui* demonstriert er seine Auffassung an einem speziellen Fall.

GABRIELE: *Hat ein Mädchen, das einen Schwerkranken heiratet, das Recht, sich wieder von ihm scheiden zu lassen, oder nicht?*

PETRONIUS: *Nein, das hat sie nicht: Die Ehe ist ein heiliges Sakrament und darf aus keinem Grund der Welt gelöst werden.*

GABRIELE: *Auch wenn ihr der Ehemann die Krankheit verschwiegen hat? Kann denn eine Ehe heilig sein, deren Grundlage Betrug ist?*

Also, werte Leser, bevor Sie heiraten oder sich scheiden lassen, lesen Sie mal Erasmus, und fragen Sie sich, was verrückter ist, eine Ehe oder die Scheidung.

wollen wir uns einmal genauer ansehen, was es mit der Willensfreiheit eigentlich auf sich hat.

Angenommen, ich wollte mir den Bauauftrag für die geplante Brücke über die Straße von Messina sichern. Die Finanzierung steht, die Pläne sind ausgearbeitet, und ich weiß viele Politiker auf meiner Seite. Der Einzige, der sich widersetzt, ist dieser Halunke von Dottore Esposito, seines Zeichens Staatssekretär im Bauministerium. Der hat erklärt, er traue mir nicht über den Weg, und solange er auf seinem Posten sitze, könne ich den Auftrag vergessen.

Ich habe nun drei Möglichkeiten, ihn umzustimmen: Erstens, ich überzeuge ihn von meinen Plänen, indem ich ihm mein Projekt noch einmal detaillierter erläutere. Zweitens, ich lasse einen gut gefüllten Umschlag in seine Tasche wandern. Drittens, ich wende mich an die Mafia und lasse ihn von ein paar Killern aus dem Weg räumen. An diesem Punkt nun kommt mein freier Wille ins Spiel, und je nach dem, wofür ich mich entscheide, werde ich später einmal im Himmel, im Fegefeuer oder in der Hölle landen.

Der Haupteinwand gegen all jene, die an die Willensfreiheit glauben: Wenn Gott allmächtig und vor allem, wie man sagt, allwissend ist, weiß er bereits, welchen Weg ich wählen werde. Welchen Wert hat es also noch, ob ich mich für die Überzeugung, die Bestechung oder den Mord entscheide? Ich kann ja gar nichts anderes tun, als mich dem zu fügen, was er bereits festgelegt hat. Mit anderen Worten, ich bin nichts weiter als sein Diener.

Und dieser Überzeugung entspringt auch Luthers Schrift De servo arbitrio (Vom unfreien Willen).

Sehen wir uns nun hingegen an, wie der Mensch es anstellen kann, den für ihn richtigen Weg zu finden. Ganz einfach: Er braucht nur Sokrates' Ratschlag zu beherzigen. Der große Athener sagte: «Gutes zu tun, ist immer die beste Wahl, aber nicht, um sich die elysischen Felder zu verdienen, sondern weil den Mitmenschen Gutes tun auch das eigene Leben schöner macht.»

Wie Recht er hat. Schauen wir uns nur einmal das Leben eines Camorrista an: Schlimmer kann man es sich nicht vorstellen. So ein Verbrecher muss sich ständig versteckt halten, um nicht verhaftet zu werden, landet früher oder später doch im Knast und muss stets fürchten, Opfer einer Vendetta oder von der Konkurrenz liquidiert zu werden. Seine Lebenserwartung liegt weit unter dem Durchschnitt. Offenbar erreicht sie bei Kriminellen gerade mal einundsechzig Jahre, während sie bei anständigen Leuten um zweiundachtzig liegt.

Um nun noch einmal auf die Sache mit der Vorherbestimmung zurückzukommen: Könnte ich den Herrgott um einen Gefallen bitten, würde ich mir als kleine Lebenshilfe eine Art Hintergrundmusik wünschen, wie wir sie aus Filmen kennen. Wieso das? Nun, würde ich, kurz bevor ich eine Straße überquere, eine dramatische Musik hören, wüsste ich schon ein wenig im Voraus, ob sich vielleicht ein Auto anschickt, mich über den Haufen zu fahren. Oder, noch wichtiger, nähme ich, wenn ich auf eine schöne Frau treffe, die romantischen Violinenklänge einer Serenade wahr, wäre ich davor gewarnt, Feuer zu fangen, und hätte noch genug Zeit, die Flucht zu ergreifen.

X

Thomas Morus

Thomas Morus (1480–1535) wurde als Lord Thomas More in London geboren und war vielleicht der erste Lord in der Geschichte der Philosophie. Sein Verhältnis zur Kirche war recht zwiespältig, das heißt, er war gleichzeitig ein Gläubiger und ein Ungläubiger, je nachdem, ob er es mit der Heiligen Schrift oder dem höheren Klerus zu tun hatte. Leider geriet er irgendwann auch mit den politischen Entscheidungsträgern über Kreuz, und hier müssen wir ein kleines Kapitel einschieben, in dem es um das Liebesleben Seiner Majestät, des englischen Königs Heinrich VIII., gehen soll.

Heinrich war noch ein kleiner Junge, als man ihn bereits mit einer Zukünftigen liierte, und zwar einer gewissen Katharina von Aragon, die, wie böse Zungen behaupten, hässlich und prüde war. Heinrich ertrug sie so lange, wie es ihm möglich war, das heißt, bis er die Bekanntschaft einer Edeldame und deren Töchter Maria und Anna machte, die ihm alle drei recht gut gefielen. Zunächst ging er mit der Mutter ins Bett, dann mit der älteren und schließlich auch mit der jüngeren Tochter. Diese hieß Anna Boleyn. Aber nicht zufrieden damit, sie herumgekriegt zu haben, gedachte er, sie nun auch noch zu ehelichen, und damit begann der ganze Schlamassel. Um sie heiraten zu können, musste er sich ja zunächst scheiden lassen, und zu jener Zeit konnte allein der Papst persönlich das Sakrament der Ehe auflösen. «*No prob-*

lem», sagte sich Heinrich VIII., als er darüber informiert wurde, und proklamierte sich schon tags darauf in seiner Eigenschaft als König von England auch zum Oberhaupt der englischen Kirche. Als Thomas More, sein Kanzler, sich Zweifel an der Rechtmäßigkeit dieses Vorgehens erlaubte, wurde er im Verlauf eines Monats zunächst in den Kerker geworfen und dann, es war das Jahr 1535, enthauptet. In der zweiten Hälfte des 19. Jahrhunderts sprach ihn Papst Pius IX. dafür heilig. Friede seiner Seele.

Neben diesen düsteren Geschehnissen ist der Name Thomas More aber auch untrennbar mit einem Roman namens *Utopia* verbunden. In dem in Holland, im Haus Erasmus von Rotterdams geschriebenen Werk, erzählt More von einem portugiesischen Matrosen, einem gewissen Raphael Hythlodeus, der auf einer seiner zahlreichen Fahrten in der Mannschaft Amerigo Vespuccis auf einer abgeschiedenen Insel namens Utopia landet.

Dazu muss man wissen: Das aus dem Griechischen stammende Wort *Utopia* bedeutet «Nicht-Ort», hier eine «Insel, die es nicht gibt», und in diesem Zusammenhang sei daran erinnert, dass auch Platon bei seiner Beschreibung eines idealen Staates im Dialog *Politeia* besonders betont, dass es diesen bislang nirgendwo gibt.

Raphael Hythlodeus landet also auf der Insel und bleibt dort fünf Jahre. Als ihm später jemand vorhält, in einem solchen Land habe er doch fürchten müssen, noch nicht einmal ein ordentliches Grab zu finden, antwortet er: «*Sei's drum. Der Weg zum Himmel ist doch immer gleich, egal, von welchem Punkt aus man sich aufmacht!*»

Die Insel Utopia, wie Hythlodeus sie beschreibt, ist zweihundert Meilen lang und verfügt über die stattliche Zahl von vierundfünfzig völlig identisch erbauten Städten, die auch alle genau die gleiche Einwohnerzahl aufweisen. Jede Stadt ist von den Nachbarstädten exakt vierundzwanzig Meilen entfernt, keinen Meter mehr oder weniger. Das heißt, wer eine Stadt gesehen hat, kennt sie alle. Gründer von Utopia soll im Jahr 244 v. Chr. ein gewisser Utopo, ein Reisender unbestimmter Herkunft, vielleicht ein Ägypter, Römer oder Grieche, gewesen sein. Die Hauptstadt heißt Amaurotum, was aus dem Griechischen abgeleitet so viel wie «Nebelstadt» bedeutet, und der Fluss, der sie durchfließt, Anydrus, ebenfalls ein Name griechischer Herkunft mit der Bedeutung «wasserlos». Hervorstechende Eigenschaft der Utopianer ist das Fehlen von Privatbesitz. Kein Haus weist eine abschließbare Tür auf, und nach zehn Jahren werden die Häuser unter allen Bewohnern neu verlost und zugewiesen. Auf diese Weise soll verhindert werden, dass den Menschen ihre Häuser ans Herz wachsen. Jedes Haus hat drei Stockwerke und ist mit einem dreißig Quadratmeter großen Garten ausgestattet. Die Bewohner Utopias arbeiten entweder als Bauern oder Handwerker, und zwar nur sechs Stunden am Tag (drei am Morgen und drei am Nachmittag). Auch die Kleider der Menschen sind identisch, das heißt, jeder verfügt über ein Gewand aus Leinen für den Sommer und eins aus Ziegenwolle für den Winter. Als Spiel gibt es nur Schach, und Luxusgegenstände wie Edelsteine, Perlen oder Gold haben einfach keinen Wert. Um die Kinder von klein auf zur Geringschätzung von Edelmetallen zu erziehen, sind die Nachttöpfe aus Gold gefertigt.

Die Gesellschaft des Inselstaates setzt sich aus Großfamilien zusammen, von denen jeweils dreißig einen Gruppenführer (Phylarchen) wählen. Deren zehn bestimmen wiederum einen für ein Jahr amtierenden «Tranibor», und zweihundert Traniboren wählen aus den von den Volksgruppen vorgeschlagenen Tüchtigsten ein Staatsoberhaupt auf Lebenszeit. Für wichtige Entscheidungen sind Volksabstimmungen vorgesehen. Dabei wird aber nicht direkt am vom Staatsoberhaupt festgelegten Tag gewählt, sondern man nimmt den Wahlschein mit nach Hause und gibt ihn erst anderntags wieder ab. Dies, um den Wählern Gelegenheit zu geben, sich länger über die zur Debatte stehenden Fragen Gedanken zu machen.

Bemerkenswert auch, was man in Utopia vom Krieg hält. Hier gilt Siegen als Schande, und aus diesem Grund wird vor einem möglichen Waffengang auch alles unternommen, um eine diplomatische Lösung zu finden. Dabei geht man sogar so weit, dem Feind geheime Botschaften mit der Summe zukommen zu lassen, die man für denjenigen zu zahlen bereit wäre, der das gegnerische Staatsoberhaupt um die Ecke bringt. Besser Geld verlieren, so sagen sich die Utopianer, als einen langen, entbehrungsreichen Krieg führen. Und so hoch die Kopfprämie auch sein mag, sie wird auf alle Fälle niedriger sein als die Kosten eines Krieges. Nur drei Gründe lässt man in Utopia überhaupt für eine kriegerische Auseinandersetzung gelten: 1. Die Verteidigung des eigenen Territoriums, 2. die Befreiung eines befreundeten Volkes, 3. die Beseitigung eines blutrünstigen Tyrannen. Dies, wie gesehen, allerdings auch nur, nachdem alle anderen Möglichkeiten, den Feind zur Einsicht zu bewegen, ausgeschöpft wurden.

Böse Zungen haben das Gerücht in Umlauf gesetzt, Thomas More habe, als er seine *Utopia* verfasste, lediglich Platons *Politeia* abgeschrieben. Doch wenn man den Roman ein wenig aufmerksamer liest, merkt man sofort, dass das so nicht stimmt. Denn ist die *Politeia* eher ein Vorgriff auf den Faschismus, so bereitet More mit seinem utopischen Roman, um jetzt mal richtig gemein zu sein, lediglich den Kommunismus vor. In der Ideologie Utopias ist die Gleichheit ein noch höheres Gut als das Glück der Menschen: die gleichen Städte, die gleiche Kleidung, die gleichen Häuser, die gleichen Einkommen, die gleichen Arbeitszeiten und sogar die gleichen Berufe. Das Leben in Utopia muss von einer tödlichen Langeweile gewesen sein.

Gott sei Dank sind wir in Italien da ganz anders: Hier gibt es Arme und Reiche, Gute und Böse, Dumme und Schlaue, Dürre und Fette, und es gibt nur ein Gut, das uns alle gleich macht: das Handy.

liegt die Frage nahe, wie denn nun wirklich eine ideale Insel ausschauen sollte. Also für mich wäre das Wichtigste, dort keine Autos sehen zu müssen. Ich würde die Straßen so eng bauen, dass kein Fahrzeug sie befahren könnte. Aber das ist noch nicht alles: Um auch Fahrradfahrer abzuschrecken, würden meine Straßen nur Steigungen und Abfahrten aufweisen. Selbstverständlich wären auch Mofas strengstens verboten, allein schon ihr Geknatter zehrt an meinen Nerven. Dann sollte es dort nur einen Platz geben, nicht sehr groß und genau im Zentrum gelegen, so dass sich die Bewohner dort treffen, in eine Bar setzen, plaudern oder auch einen Kaffee trinken können. Weiterhin sollte die Insel über drei Aussichtsterrassen verfügen: eine im Süden mit Blick auf die Klippen, eine im Westen, hoch über dem Meer gelegen, so dass die Touristen nicht hinuntersteigen und den Strand versauen können, und schließlich eine Richtung Osten, von der aus ich den Sonnenaufgang bewundern könnte. Die Insel wäre auch leicht mit Booten zu umfahren. Und zu den Kostbarkeiten sollte schließlich auch eine herrliche Grotte zählen, in deren Innern alles in blaues Licht getaucht liegt, mit einem so niedrigen Eingang, dass die Besucher, wenn sie im Boot hineinfahren, gezwungen sind, den Kopf einzuziehen. Ach Gott, jetzt merke ich's gerade: Die Insel gibt es ja schon. Das ist Capri!

XI

Niccolò Machiavelli

Im Lexikon *Sabatini-Coletti* lese ich, «machiavellistisch» bedeute so viel wie «falsch», «doppelzüngig», und damit bin ich überhaupt nicht einverstanden: Wenn es einen Mann gab, der niemals gelogen hat, dann war das Niccolò Machiavelli. Meines Wissens hat er immer geschrieben, was er wirklich dachte, und nie so getan, als sei er ein Heiliger. Allerhöchstens könnte man ihn als Zyniker bezeichnen. In seinem Hauptwerk, *Der Fürst*, versucht er, einem Staatsoberhaupt praktische Hinweise an die Hand zu geben, wie er seinen Laden mit dem geringsten Schaden auf Vordermann bringen kann. Aufgepasst: Ich habe «mit dem geringsten Schaden» geschrieben und nicht «so gut wie möglich», eben um die Tatsache zu betonen, dass Fürst sein ein ganz schön schwieriger Job ist. *«Freilich ist es nötig»*, erklärt Machiavelli, *«dass ein Fürst in der Verstellung und Falschheit ein Meister ist. Denn die Menschen sind so einfältig und gehorchen so sehr dem Eindruck des Augenblicks, dass der, welcher sie hintergeht, stets solche findet, die sich betrügen lassen.»**

Niccolò Machiavelli kam im Jahr 1469 in Florenz zur Welt und starb 1527 an einem Herzinfarkt. Er war also noch nicht mal dreißig Jahre alt, als er 1498, wenige Tage nach dem To-

* Vgl. Niccolò Machiavelli, *Der Fürst*, Kapitel 18

desurteil gegen Savonarola, zum Sekretär des Rats der Zehn ernannt wurde, ein Amt, das bei den jungen Florentinern damals sehr begehrt war. Zu jenem Zeitpunkt war Florenz noch Republik, aber als dann 1512 die Medici zurückkehrten, bekam auch der arme Machiavelli Schwierigkeiten. Und zwar fand man bei einem Gegner der Herrscherfamilie eine Liste mit gut zwanzig Namen von Verschwörern, darunter auch den von Machiavelli. Mochte seine Beteiligung an dem Komplott nun den Tatsachen entsprechen oder nicht, jedenfalls wurde er verhaftet und zu einem Jahr Verbannung und einer Geldbuße von tausend Florentiner Gulden verurteilt. Und als wenn das noch nicht gereicht hätte, wurde er an den Händen aufgehängt und gefoltert.

Nach dieser entsetzlichen Erfahrung zog er sich ins Privatleben nach San Casciano im Pesa-Tal zurück. Und dort, in der vollkommenen Stille der ländlichen Toskana, hatte er alle Zeit der Welt, neben dem *Fürsten* auch seine anderen großen Werke niederzuschreiben, als da wären: *Abhandlung über die erste Dekade des Titus Livius, Historien von Florenz, Der goldene Esel, Die Alraune, Das Leben des Castruccio Castrani, Die Novelle vom Teufel, der eine Frau nahm, Die Kriegskunst* und die Komödie *Clizia*. Auch einige Kanzonetten schrieb er, darunter eine mit dem Titel «Warum das Leben so kurz ist».

Üblicherweise bezeichnete er sich selbst als «Historiker, Komiker und Dramatiker», in Wirklichkeit aber hätte er viel darum gegeben, wenn man sich seiner vor allem als Dichter erinnert hätte. In einem an Ludovico Alemanni gerichteten Brief schreibt er:

Ich habe Ariosts Rasenden Roland *gelesen und das Poem in der Tat sehr schön und in vielerlei Hinsicht bewundernswert gefunden. Solltet Ihr ihm begegnen, so empfehlt mich ihm doch und richtet ihm aus, es schmerzt mich nur, dass er, obgleich er doch zahlreiche Poeten erwähnt, mich außer Acht lässt wie einen Trottel.*

Machiavellis poetische und dramatische Ader unterstreicht vor allem sein Werk *Der goldene Esel*, ein Poem von über tausend Versen, sowie auch die Komödie *Die Alraune*, in der der junge Callimaco die schöne, kinderlos verheiratete Florentinerin Lucrezia zu verführen sucht. Dazu greift er zu einer List und lässt dem Ehemann, einem Einfaltspinsel, ausrichten, seine Frau könne von der Unfruchtbarkeit geheilt werden, wenn sie den Absud einer bestimmten Wurzel, der Alraune, trinke. Der einzige Haken, der erste Mann, mit dem sie nach der Einnahme des Mittels schlafen werde, müsse sterben. Natürlich plant Callimaco dabei, sich selbst für die Rolle des vermeintlichen Todeskandidaten zur Verfügung zu stellen.

Was denn? Diese ganze komplizierte Inszenierung, nur um eine Frau ins Bett zu bekommen? Das scheint mir doch etwas übertrieben. Bleibt jedoch die Tatsache, dass Machiavelli, wie böse Zungen behaupten, ein großer Aufreißer war. Boccaccio zitierend, meinte er gerne: «Besser handeln und es später bereuen, als es nicht zu tun und es trotzdem bereuen.» Er hatte zahlreiche Geliebte, darunter die Damen Riccia, Maliscotta und Barbara Raffacani Salutati. Und weiter zum Thema sinnliche Liebe hier einige Verse aus seinem Poem *Der goldene Esel*.

… a lei mi accostai
stendendo fra lenzuol la fredda mano.
E come poi le sue membra toccai
un dolce sì soave al cor mi venne
quand'io credo non gustar giammai.
Non in un loco la man si ritenne,
ma, discorrendo tutte le membra sue,
*la smarrita virtú tosto rinvenne.**

Kurzum, man sollte nicht glauben, dass Machiavelli nichts anderes als seine Arbeit als Gelehrter und Schriftsteller kannte. Es behagte ihm auch, in den Tag hinein zu leben, mit den Frauen zu schäkern und mit den Männern die Zeit zu vertrödeln.

Im Folgenden nun ein typischer Tag, wie ihn Machiavelli in einem Brief an Francesco Vettori, den florentinischen Gesandten beim Heiligen Stuhl selbst beschreibt:

Nun gehe ich täglich früh in ein Wäldchen, und von dort an eine Quelle und an meinen Vogelherd, ein Buch in der Tasche, den Dante oder Petrarca, den Tibull oder Ovid. Ich lese von ihren Liebschaften, erinnere mich der meinen und vergnüge mich eine Weile mit diesen Gedanken. Dann gehe ich ins Wirtshaus an der Landstraße. Ich unterhalte mich mit den Vorbeikommenden, frage nach Neuigkeiten aus ihrer Heimat …

* … ganz nah' rückte ich an sie heran / und streckte unter dem Tuche meine kalte Hand nach ihr aus. / Und als ich so ihren Körper berührte, / drang ein süßes «Ja» an mein Herz, / und ich genoss, wie es mir seither nicht mehr widerfuhr. / An keiner Stelle verweilte meine Hand, / sondern liebkoste wieder und wieder ihren ganzen Körper, / während meine erloschene Leidenschaft neu erstarkte. (Anm. d. Übers.)

Unterdes ist es Zeit zum Mittagessen geworden … Nach dem Essen gehe ich wieder ins Wirtshaus. Dort sind gewöhnlich der Wirt, ein Fleischer, ein Müller und zwei Ziegelbrenner. Mit denen vertrödle ich den ganzen Tag, wir spielen Cricca und Trictrac, haben tausend Streitigkeiten …

Und er schließt mit den Worten:

Abends gehe ich heim und trete in meine Schreibstube. An der Schwelle lege ich die schmutz- und kotbespritzten Bauernkleider ab und hülle mich in königliche und festliche Gewänder; so würdig angetan trete ich unter die Männer des Altertums … und vier Stunden lang spüre ich keinen Verdruss, vergesse alle Beschwerden, fürchte nicht die Armut, ängstige mich nicht vor dem Tod.

Von grundlegender Bedeutung für Machiavelli ist jedoch seine Begegnung mit Cesare Borgia. Vielleicht sollten wir hier noch einmal an die wichtigsten Daten einer der herausragendsten Familien der italienischen Renaissance erinnern.

Beginnen wir also beim Urgroßvater: Alonso Borja, besser bekannt als Kalixt III. Auch wenn sein Papsttum lediglich drei Jahre währte, reichte ihm die Zeit, um seinen Enkel Rodrigo, den berüchtigten Alexander VI. zu seinem Nachfolger zu bestellen. Zu diesem nur so viel: Veranstaltete man unter allen Päpsten einen Wettbewerb um die Krone des Ausschweifendsten aller Zeiten, wäre die Sache klar: Alexander VI. läge mit weitem Abstand vorn. Kaum zum Papst gewählt, nutzte er das Amt, um seine vier Kinder von vier verschiedenen Frauen, als da wären Giovanni, Cesare, Lucrezia und Gioffredo, mit lukrativen Partien, Ämtern und Titeln zu versorgen. Dann stellte er sich einen maßgeschneiderten Harem zusammen, zu dem auch, wie erzählt wird, seine Tochter Lucrezia gehört haben soll. «*Diesem Mann*», so hieß es über ihn, «*sind gleichermaßen außerordentliche Fähigkeiten wie eine unübertreffliche Bosheit eigen. Er ist wie ein Schwert in der Hand eines Wahnsinnigen.*»

Lucrezia ihrerseits brachte aus Machtgier gleich drei Ehemänner um die Ecke, wobei sie den zweiten eigenhändig mit einem Kissen im Schlaf erstickte. Schön und faszinierend wie keine andere Frau jener Zeit, war sie gleichzeitig skrupellos und gemeingefährlich. Mit ihr ins Bett zu gehen, war der reinste Selbstmord. Aber auch sie selbst fand früh, mit nur neununddreißig Jahren, ihr Grab.

Ihr Bruder Cesare Borgia, der berüchtigte Herzog von Valence, stand ihr aber in nichts nach. Im Verlauf weniger Jahre fanden alle, die so kühn waren, sich seinem Aufstieg entgegenzustellen, ein trauriges Ende. Wahllos, so wie sie mir in den Sinn kommen, seien hier genannt: die Herrscher von Forlì und Imola, dann Vitellozzo Vitelli, Pandolfo Malatesta, Astorre Manfredi, Oliverotto da Fermo, Paolo und Francesco Orsini, Guidobaldo da Montefeltro und viele weitere mehr, die mir im Augenblick entfallen sind – im Kampf oder in ihrem Haus getötet, im Tiber ertrunken, von einem Meuchelmörder erwürgt oder bei der eigenen Geburtstagsfeier vergiftet. Keiner, aber wirklich keiner seiner Widersacher schaffte es, ein gesegnetes Alter zu erreichen.

Und was dachte nun Machiavelli über solch ein Individuum? Aber nein, doch nichts Schlechtes. Cesares Vorgehen war Machiavelli zufolge der einzig mögliche Weg, um in Italien einen souveränen Staat zu errichten. «*Denn er hat ja*», so betonte Machiavelli, «*die Romagna vereint und ein ruhiges*

Land daraus gemacht, das heute in Frieden lebt.» Es komme nicht darauf an, fügte er hinzu, ob ein Fürst aufrichtig, gütig und fromm sei, sondern dass er in den Augen seiner Untertanen so erscheint. Mit anderen Worten: «*Das Ziel heiligt die Mittel*», auch wenn dieser Satz offenbar, anders als man bislang annahm, gar nicht von Machiavelli stammt. Er soll ihm im 18. Jahrhundert von einem Jesuitenpater in böser Absicht angedichtet worden sein. Fest steht aber, dass Machiavellis *Fürst*, als der Index verbotener Bücher erstellt wurde, ganz oben auf der Liste zu finden war, als ein Werk, das, nach den Worten eines Kardinals, «*mit den Fingern des Teufels*» geschrieben wurde.

denke ich, dass bei uns in Italien der Fürst heute Silvio Berlusconi heißt. Was lässt sich zu ihm noch sagen? Nun, vielleicht, dass er seine Lektion nicht in letzter Konsequenz gelernt hat. Berlusconi wäre dringend anzuraten, sich Machiavellis Fürst *so bald wie möglich noch mal durchzulesen. Unser Ministerpräsident ist nämlich nicht fähig – Gott allein weiß, warum –, mit der Wahrheit hinter dem Berg zu halten: Von Zeit zu Zeit plaudert er öffentlich alles aus, was ihm so durch den Kopf geht, und vergisst ganz, dass ein wahrer Politiker ein «großer Heuchler und Vertuscher» sein muss. Nehmen wir als Beispiel nur seine Äußerung damals in Bulgarien, als er klipp und klar erklärte, wie sehr ihm die RAI-Journalisten Michele Santoro und Enzo Biagi auf den Wecker gehen. Was für ein Skandal! Alle oppositionellen Zeitungen und Parteien fallen sogleich empört über ihn her. Und wie hätte sich Machiavellis* Fürst *dagegen verhalten? Nun, er hätte die beiden in aller Ruhe und ganz geduldig kaltgestellt. Das heißt, er hätte sich in keiner Situation dazu verleiten lassen, etwas Negatives über sie zu äußern, sondern bloß die entsprechenden Leute dazu gebracht, ihnen keinen Sendeplatz mehr einzuräumen.*

Ein anderer Fall: Irgendwann kann Berlusconi nicht mehr an sich halten und verkündet öffentlich, die Menschen der arabischen Welt seien weniger zivilisiert als die des Abendlandes. Auch jetzt bricht wieder eine Flut von Protesten über ihn herein, und die halbe Welt verlangt eine Entschuldigung von ihm. Der Fürst *an seiner Stelle aber hätte sich darauf beschränkt zu erklären, dass man im Orient religiöser eingestellt sei als in der westlichen Hemisphäre. Das wäre im*

Grunde das Gleiche gewesen, und niemand hätte sich gekränkt gefühlt.

Ich persönlich habe ja, so wie ich gestrickt bin, für Machiavellis Ratschläge keinerlei Verwendung. Macht ist das Letzte, was mich interessiert. Im Fernsehen verfolge ich, wie sich die Politiker herumstreiten, und weiß einfach nicht, was das soll. Ich beobachte die Staatsmänner dieser Welt, die einen Krieg nach dem anderen anzetteln, und frage mich, ob sie sich denn nicht klarmachen, wie kurz das Leben ist und dass sie auch bald sterben werden. Wenn man sie so sieht, könnte man meinen, sie spielten Monopoli.

Wäre ich Berlusconi, hätte ich lange schon über alle Sender folgende Ansprache an das italienische Volk gehalten: «Liebe Landsleute, wie Sie wissen, werden mir immer wieder Interessenskonflikte vorgehalten. Nun, was soll ich dazu sagen? Die Leute haben völlig Recht. Diese Konflikte gibt es, ja, sie sind unvermeidlich, und jedem anderen Regierungschef an meiner Stelle würde es ähnlich ergehen. Deshalb habe ich beschlossen, meinen Rücktritt einzureichen. Ich habe genug Geld zusammen, um in Ruhe und Frieden bis zum Ende meiner Tage ein angenehmes Leben zu führen. Von jetzt an werde ich mich nur noch um meine Familie kümmern, um die Menschen, die mir nahe stehen, meine Frau, meine Kinder. Ich übergebe Sie also den Händen der Linken, von D'Alema, Fassino und Rutelli, und wünschen Ihnen weiterhin alles, alles Gute.»

Machiavelli würde sich im Grab umdrehen.

XII

Francesco Guicciardini

Um es gleich vorwegzunehmen: Francesco Guicciardini (1483–1540) war im Grunde viel machiavellistischer als Machiavelli selbst. Er war nämlich ein Superpragmatiker, ein Mensch, den die so genannten metaphysischen Themen vollkommen kalt ließen. Als anständiger Rationalist glaubte er eben mehr an den Zufall als an das Schicksal. Mit Debatten über Gott, die Seele und alles, was sich nicht mit Händen greifen lässt, war er nicht hinterm Ofen hervorzulocken. Seiner Ansicht nach waren diese Dinge nur dazu angetan, die «Einfachsten» hinters Licht zu führen, wobei er mit den «Einfachsten» schlicht die «Dümmsten» meinte. Da er jedoch sah, dass die Dummen in der Mehrheit waren, kam er nicht umhin, die Methoden derer zu studieren, die daraus Nutzen zogen.

Guicciardini schreibt sinngemäß: «*Drei Dinge wünsche ich mir mehr als alles andere. Erstens, in einer geordneten Republik zu leben, zweitens, die Barbaren von Italien fern zu halten, und drittens eine Welt, die befreit ist von einer schändlichen und ausschweifenden Geistlichkeit. Aber ich mache mir nichts vor: Diese Wünsche werden wohl nie in Erfüllung gehen.*» Und nicht nur das: Gerade der dritte Wunsch reichte damals bei weitem schon aus, um hinter Schloss und Riegel zu landen. Dennoch scheute sich Guicciardini nicht, seine Ansichten schwarz auf weiß niederzuschreiben. Und er weist seine Leser darauf hin, dass es zur Erreichung dieser Ziele notwendig sei, mehr den Verstand als das Herz zu benutzen. Und vor allem gelte es zu bedenken, dass jeder Mensch für das «Besondere», also für den eigenen Vorteil, handle. Dies, knapp zusammengefasst, seine Ansichten zur Politik.

Als drittes von acht Kindern hatte Guicciardini keine leichte Kindheit. Der Familie fehlten die Mittel, um den ganzen Nachwuchs durchzubringen, und so musste er schon von klein auf seinen Teil zum Lebensunterhalt beitragen. Dabei war er der geborene Primus: Egal, um was es ging, er war immer Spitze, und nicht zufällig wurde er von seinen Klassenkameraden «Alkibiades» getauft. Sein erster Beruf war der des Advokaten, später verschrieb er sich mit Haut und Haaren der Politik, und in einem Machtgefüge, in dem die Medici nach ihrer Rückkehr nach Florenz sowie der Papst die Fäden zogen, gelang es Guicciardini, sich die Wertschätzung aller Seiten zu erobern. Natürlich nur der inneritalienischen, denn er war auch einer der Verfechter einer kaiserfeindlichen, von Papst Klemens VII. ins Leben gerufenen Liga.

Auch Guicciardini soll zahlreiche Geliebte gehabt haben, und es heißt, eine habe er sich sogar mit Machiavelli geteilt. Eine Dame namens Maliscotta, die sich für ihre Dienste allerdings bezahlen ließ.

In seinen letzten zehn Lebensjahren, zwischen 1530 und 1540, schrieb er seine *Gedanken* sowie *Die Geschichte Italiens*, die den Beginn einer modernen analytischen Geschichtsschreibung markiert.

Apropos Francesco Guicciardini

stelle ich mir ein Treffen zwischen ihm und Machiavelli vor. Hier in groben Zügen, was sie beredet haben könnten:

«Weiß du, Francesco», meint Machiavelli zu ihm, «es ist ja kein Geheimnis, dass wir beide uns eine Frau teilen: die Maliscotta. Und du weißt auch, dass wir sie jedes Mal, wenn sie uns besuchen kommt, für ihre Dienste bezahlen. Und nun frage ich dich: Befürchtest du nicht, für zwei Menschen unseres hohen geistigen Niveaus könnte das Bezahlen einer Frau, damit sie unsere niedersten Triebe befriedigt, unter unserer Würde sein?»

«Aber nein, werter Kollege, genau das Gegenteil ist der Fall», antwortet Guicciardini. «Dass wir sie bezahlen, stimmt mit unseren politischen Grundsätzen vollkommen überein.»

«So? Wie das?»

«Ganz einfach, mein lieber Niccolò. Was wünschen wir uns denn mehr als alles andere auf der Welt? Die Freiheit. Und was ist das Geschlechtliche anderes als eine Form der Sklaverei. Nun, durch diese bescheidene Summe Geldes aber – und du wirst mir zustimmen, dass sie in der Tat bescheiden ist –, mit der wir diese Maliscotta entlohnen, erreichen wir, dass sie uns in gerade mal einer Stunde von den Fesseln der Fleischeslust befreit. Aber eins ist klar: Wir bezahlen sie nicht etwa, damit sie bereit ist, das Lager mit uns zu teilen, sondern damit sie uns danach auch wieder verlässt. Dies alles, um unserem Verstand eine Erholungspause zu gönnen. Denn du weißt ja, ‹Erholung ist wichtiger als Aufruhr›.»

Kurzum, für Guicciardini war das Geld, das er der Malis-

cotta gab, kein «Liebeslohn», sondern eine «Abfindung». Lebte er heute noch, würde er sich bestimmt für die Wiedereröffnung der Freudenhäuser in Italien einsetzen.

XIII

Martin Luther

Die Sache mit der Reformation begann eigentlich schon ein Jahrhundert vor Luther, und zwar mit dem böhmischen Prediger Johannes (oder Jan) Hus (1369–1415). Dieser fing irgendwann an, die Geistlichkeit seines Landes zu kritisieren, weil sie gegen Bezahlung Absolutionen erteilte. Deswegen wurde er zunächst exkommuniziert und dann auf dem Konzil von Konstanz, obwohl man ihm freies Geleit zugesichert hatte, zum Tod auf dem Scheiterhaufen verurteilt. Singend betrat Hus die Hinrichtungsstätte, und mit ihm zusammen gingen alle zweihundert Werke, die er verfasst hatte, in Flammen auf. Die Anhänger, die sein Werk fortführten, wurden Hussiten genannt.

In jener Zeit hatte sich die Kirche, um an Geld zu gelangen, ein unfehlbares System ausgedacht: Sie verkaufte Ablässe. Das heißt, man brauchte nur einen gewissen Betrag zu bezahlen, und jedwede Schurkerei, die man begangen hatte, wurde vergeben. Bei Sünden der «Fleischeslust» waren die Tarife besonders hoch. Das Ganze funktionierte ähnlich wie heute die Amnestie für Steuersünder: Die Bußgelder sind gestaffelt, acht, sechs oder vier Prozent, je nachdem, wie viel der Steuerpflichtige hinterzogen hat. Im 16. Jahrhundert ging es um Sünden, heute um nicht bezahlte Steuern. Vom Prinzip her handelt es sich um die gleiche Sache: Gerecht ist es nicht, wirkt sich aber positiv auf die Bilanzen aus.

Der eigentliche Unterschied zwischen Mittelalter und Renaissance liegt in der Rolle der Geistlichen. Waren sie im Mittelalter unverzichtbare Vermittler zwischen den Gläubigen und Gott, so beschränkten sie sich in der Renaissance darauf, den Sünder zu beraten, und überließen es ihm dann, zu tun oder zu lassen, was er wollte. Hus aber erklärte: *«Es gibt kein Fegefeuer, und auch wenn es eins gäbe, ließe es sich nicht durch Geld vermeiden.»*

Nach Hus' Tod war es ein anderer Mönch, der einige Jahrzehnte später seinen Auftrag übernahm. Er hieß Martin Luther (1483–1546). Auch dieser begann irgendwann zu «protestieren», und selten wurde ein Verb so angenommen und rauf und runter konjugiert. Es wurde das Motto einer religiösen Bewegung, die die Kirche in ihren Grundfesten erschütterte.

Der Augustinermönch Martin Luther kam im deutschen Eisleben zur Welt. Den Beschluss, die Kutte anzulegen, fasste er wohl eines Abends im Gewitterregen, als er sah, wie ein Blitz nur wenige Schritte von ihm entfernt einschlug. *«Das ist ein Zeichen Gottes!»*, rief er aus, und sowie der Regen nachließ, machte er sich auf, um Priester zu werden. Eine glückliche Kindheit war ihm wohl nicht beschieden: Vater und Mutter gaben einander die Peitsche in die Hand, um dem Jungen Manieren beizubringen. Wären ihnen andere Erziehungsmethoden bekannt gewesen, hätte es, wer weiß, den Protestantismus vielleicht nie gegeben.

Martin Luther war ein streitbarer Charakter. Über Rom zum Beispiel konnte er sich furchtbar aufregen. Einmal hatte er auf Einladung seiner Brüder vom Augustinerorden die Ewige Stadt besucht und war angewidert von dem, was er dort sah. Seinen Worten nach war der Papst *«ein Sultan, der sich die Mahlzeiten von einer ganzen Schar nackter Mädchen servieren ließ»*, die Kurie *«ein Hort des Satans»* und die Stadt selbst *«ein neues Babylon»*. Dazu verfasste er eine Anklageschrift, unterteilt in fünfundneunzig Thesen, die er im Jahr 1517 an die Tür der Schlosskirche in Wittenberg anschlug. Nun möchte ich dazu bemerken: Seit dreißig Jahren lebe ich jetzt in Rom, und ich schwöre Ihnen, abgesehen vom Straßenverkehr und den Demonstrationen der Globalisierungsgegner habe ich dort noch nie das Wirken des Satans bemerkt.

Die Antwort Papst Leos X. ließ nicht lange auf sich warten: Sollte der Mönch Martin Luther nicht innerhalb von sechzig Tagen vom ersten bis zum letzten Wort alle Thesen widerrufen, werde er aus der Kirche ausgestoßen. Luther jedoch gab nicht nach. So entstand die protestantische Reformation, die nicht nur eine religiöse, sondern auch eine politische Bewegung war. Den deutschen Fürsten kam die Sache wie gerufen, konnten sie sich doch dieses Mönchleins bedienen, um die Übermacht der Kirche abzustreifen und vor allen Dingen die Zahlungen an die Kurie in Rom einzustellen. Luther selbst wurde zum Ketzer erklärt und entging seinen Häschern nur durch den Schutz des Kurfürsten Friedrich von Sachsen. Mehrere Male wurde er vom Papst nach Rom zitiert, aber er dachte gar nicht daran, sich dort sehen zu lassen.

Heute, im Abstand von fünf Jahrhunderten, kann man sagen, dass Luther mit vielen seiner Ansichten ins Schwarze getroffen hat. Nicht zustimmen kann ich ihm bei seiner Prädestinationslehre. Luther sagte: Die Menschen teilen sich auf in zwei Kategorien, jene, die Glauben besitzen, weil Gott sie auserwählt hat, und die anderen, die ohne ihn auskommen und sich deshalb mit der Vernunft begnügen müssen, die er auch als «Metze des Satans» bezeichnet. Nach Luther sind es also nicht die guten Taten, die uns die Pforten des Paradieses öffnen, sondern der Glaube. Die einen haben ihn, die andern eben nicht. Das heißt, Gott hat im Voraus bereits seine Schäflein auserwählt, die einst errettet werden sollen. Zu diesem Thema schrieb Luther die bereits erwähnte Schrift *De servo arbitrio (Vom unfreien Willen)*, in der er sinngemäß sagt: «*Nicht gute Taten machen den Menschen gut, sondern gute Menschen machen gute Taten.*» Deshalb sei es auch sinnlos, dass sich ein Mensch, den Gott böse geschaffen habe, als guter Mensch verkleide, den Bußgürtel anlege und in die Kirche gehe. Denn in die Hölle komme er auf alle Fälle. In dieser Hinsicht bedeutet Luther, verglichen mit dem Humanismus, einen echten Rückschritt. Fast so etwas wie eine Rückkehr ins Mittelalter.

Mit zweiundvierzig Jahren heiratete Luther eine frühere Nonne, eine gewisse Katharina von Bora, die ihm sechs Kinder gebar. In Anbetracht seiner Vergangenheit als Mönch hätte er auch auf diesem Feld kein größerer Reformator sein können.

und seiner Feststellung, entweder besitze man Glauben oder eben nicht, muss ich gestehen, dass er mir einfach fehlt. Über dieses Thema habe ich vor Jahren sogar mal ein Buch geschrieben, Lob des Zweifels heißt es. Doch untersuchen wir noch mal etwas sorgfältiger das Problem.

Ich kann weder Leute verstehen, die von der Existenz Gottes felsenfest überzeugt sind, noch andere, die mit der gleichen Sicherheit von seiner Nichtexistenz reden. Sowohl der Gläubige als auch der Atheist vertreten meiner Einschätzung nach recht anmaßende Positionen, die mir suspekt sind. Zum Ausgleich dafür praktiziere ich selbst den positiven Zweifel. Warum positiv? Weil ich das Verb «glauben» durch das Verb «hoffen» ersetzt habe. Mit anderen Worten, ich hoffe, dass es Gott gibt, und fürchte, dass es ihn nicht gibt. Nichts schreckt mich mehr als die Vorstellung, dass es nach dem Tod nur noch das «Nichts» geben könnte: Man stirbt, und das war's dann. Indem ich nun aber jeden Tag zweifle, frage ich mich ständig, ob es Gott wohl geben mag oder nicht, und so kommt es, dass ich letztendlich mehr Zeit in seiner Gesellschaft verbringe als andere, die ein für allemal an seine Existenz glauben und sich dann nicht mehr mit der Frage beschäftigen.

Dabei beneide ich Menschen, die Glauben besitzen. Sie haben ein leichteres Leben als notorische Zweifler. Meine Mutter habe ich zum Beispiel immer heiter und unbeschwert erlebt, selbst in den letzten Augenblicken ihres Lebens. Jeden Morgen ging sie in der Pfarrkirche Santa Lucia zur Messe, und wenn sie heimkam, war sie so guter Dinge, als habe man ihr ein Glückselixier eingeflößt.

Leider kann man nicht durch rationale Überlegungen zum Glauben gelangen. Man kann sich nicht vornehmen: «Ab morgen werde ich glauben!» Es ist schon schwierig genug, mit dem Rauchen aufzuhören, wie sehr dann erst mit dem Zweifeln.

XIV
Ulrich Zwingli

Ulrich Zwingli wurde 1484 in Wildhaus in der Schweiz geboren. Als drittes von zehn Kindern studierte er in Wien, Bern und Basel. Sein Vater, ein Richter, wollte unbedingt, dass er Geistlicher würde. Dabei machte er Karriere und brachte es innerhalb kurzer Zeit zum Priesteramt am Großmünster in Zürich. In jungen Jahren war er erfüllt von einer tiefen Bewunderung für die klassischen Dichter. In einige war er geradezu vernarrt. Seine Lieblingsautoren waren der Reihe nach: Platon, Aristoteles, Epiktet und Seneca. Um sie problemlos im Original lesen zu können, studierte er für sich selbst Griechisch und Latein. Er vertrat die Ansicht: *«Zuweilen ist ein Satz Ciceros oder eine Strophe Pindars mehr wert als ein Verslein aus dem Evangelium.»*

Als junger Mann galt seine Bewunderung aber auch Erasmus von Rotterdam und Pico della Mirandola. In der Schweiz berühmt machten ihn seine Predigten und politischen Stellungnahmen. Besonders seine Stimme, wenn er predigte, muss eindrucksvoll gewesen sein, fast so, als trage er ein Mikrofon in der Brust. Er sprach mit einfachen Worten, die klar und deutlich bis zur letzten Bank durchdrangen.

Seine Bewunderung für Erasmus schlug jedoch irgendwann in völlige Ablehnung um, und zwar, wieder einmal, wegen Luther und der Geschichte mit der Willensfreiheit. Für Zwingli war das Leben des Menschen von Geburt an vorherbestimmt, und Erlösung konnte nur erlangen, wem Gott die Gnade des Glaubens mitgegeben hatte. Erasmus hingegen war, wie wir wissen, vom genauen Gegenteil überzeugt: Entscheidend sei, so lehrte er, wie der Mensch gelebt und sich seinen Mitmenschen gegenüber verhalten habe.

Wegen des schändlichen Ablasshandels wandte sich auch Zwingli gegen den Papst. Er war zwar kein Mystiker wie Luther und auch kein Puritaner wie Calvin, aber wenn er mitbekam, wie Priester gegen Bargeld so mir nichts, dir nichts die Sünden strichen, konnte er nicht einfach wegschauen. Einmal fuhr er einen Priester namens Samson rüde an, weil dieser sogar eine Preisliste in seiner Kirche ausgehängt hatte.

Im Jahr 1519 brach in der Schweiz die Pest aus. Fromm wie er war, meldete sich Zwingli freiwillig und brachte Tag und Nacht mit der Betreuung von Kranken zu. Damals dichtete er sogar eine «Hymne an die Pest», in der er sich flehend an Gott wendet: «*O barmherziger Gott, mein Schicksal liegt in deiner Hand: Wenn du glaubst, es sei besser für mich zu sterben, so lass mich sterben. Andernfalls rette mich.*» Und Gott rettete ihn.

Später nahm er als Kaplan an einem der vielen von Papst Julius II. angezettelten Kriege teil und war schockiert vom Anblick der sterbenden Soldaten um ihn herum. Er schaffte es kaum, einem Sterbenden die Letzte Ölung zu spenden, da rief schon ein anderer verzweifelt nach ihm.

Neben dem religiösen Eifer war er auch von einem patriotischen Geist beseelt. Man könnte ihn als so etwas wie einen Fan vom F. C. Zürich bezeichnen, der keine Gelegenheit versäumte, dies unter Beweis zu stellen. Nun muss man wissen, dass die Schweiz in der damaligen Zeit nicht wie heute ein unabhängiger Staat war, sondern eine lose Ansammlung von Kleinststaaten, den so genannten Kantonen, die sich durch Luther in zwei gegensätzliche Lager aufgespalten hatten: Auf der einen Seite standen die Kantone, die dem Papst noch die Treue hielten, auf der anderen jene, die die Glaubenssätze der Reformation übernommen hatten. Zwingli gehörte, wenn auch mit Abweichungen, letzteren an. Wie Luther war er von der Vorherbestimmung des Menschen überzeugt und schaffte zudem eine ganze Reihe von Riten und Bräuchen ab, die er für Aberglauben hielt, wie zum Beispiel das Schmücken der Kirche, das Fasten oder die Prozessionen zu Ehren der Heiligen. Auch sprach er sich gegen das Zölibat aus, und als wolle er dieses Bekenntnis durch Tatsachen untermauern, hatte er zahlreiche Geliebte, bis er sich die Hörner abgestoßen hatte und ein Mädchen aus der Nachbarschaft namens Anna Reinhard heiratete. Als dann der Krieg zwischen den Kantonen ausbrach, schloss er sich dem Heer der Züricher an und fiel bei Kappel. Es war das Jahr 1531.

XV

Johann Calvin

Johann Calvin (1509–1564), ursprünglich Jean Cauvin, kam in Nyon, in der Gegend von Compiègne, im Herzen Frankreichs, zur Welt. Nach dem Verlust seiner Mutter mit noch nicht mal sechs Jahren steckte man ihn in eine Klosterschule, die er nach der Priesterweihe verließ, um nach Paris zu ziehen, wo er den Rektor der Universität, den berühmten Professor Nikolaus Cop, einen großen Bewunderer Luthers, kennen lernte. Wenn man sich Calvins Bild so ansieht, fällt sogleich eine gewisse Ähnlichkeit mit Bin Laden auf. Das sollte uns hingegen in unserem Urteil über ihn nicht beeinflussen, auch wenn die Ansichten der beiden in Bezug auf Frauen kaum voneinander abweichen.

Es heißt, Calvin sei ein schüchterner, sehr fleißiger und frommer junger Mann gewesen. Im Verlauf nur weniger Jahre erwies er sich für Cop als perfekter Schüler. Er schloss sich der Prädestinationslehre an und hatte für diese Überzeugung einiges einzustecken: Zweimal wurde er verhaftet, aber jedes Mal auch wieder laufen gelassen.

Laut Calvin hat Gott von Anbeginn an, also seit den Zeiten von Adam und Eva, alles im Voraus festgelegt. Das heißt, der Mensch hat es nicht im Geringsten in der Hand, sein eigenes Schicksal zu ändern. Es scheint heute unfassbar, wie die Idee der Vorherbestimmung bei recht fortschrittlichen Völkern wie den Franzosen, den Schweizern, den Engländern oder Schotten auf solch fruchtbaren Boden fallen konnte. Denkt man aber einen Augenblick darüber nach, wird einem klar, woran das liegen könnte: Die Zugehörigkeit zu einer Gruppe von Auserwählten kann nämlich sehr viel schmeichelhafter sein als das Erlangen derselben Wohltaten durch Gebete und gute Taten. Für die Protestanten heißt ja Glaube an Gott gleichzeitig immer auch Glaube an sich selbst. «Ich gehöre zu den Auserwählten», sagt sich der Calvinist, «und muss mich dieser Auszeichnung unbedingt würdig erweisen.»

Etwas Ähnliches lässt sich, so glaube ich, heutzutage im Fußball beobachten: Der Fußballfan mag es, sich als «Laziale» oder «Romanista»* zu bezeichnen, und zwar deshalb, weil das Teilen eines Ideals mit vielen anderen Menschen den eigenen Glauben noch weiter festigt. Aber das ist noch nicht alles: Der calvinistischen Moral nach ist das Anhäufen von Reichtum, möglicherweise auch auf Kosten der Armen, kein Zeichen von Egoismus, sondern ein Beweis göttlichen Wohlwollens.

Und hier fragt man sich unwillkürlich: Ist der Kapitalismus am Ende eine Erfindung Calvins? Jedenfalls ist dieser, verglichen mit Luther, noch etwas optimistischer in Bezug auf Gott und ein klein wenig pessimistischer in Bezug auf den Menschen.

Die Stadt, in der dieser Glaube schließlich zum Gesetz werden sollte, war Genf, von Calvin als «Stadt Gottes» bezeichnet. Stieß unser Denker anfangs noch auf heftigen Widerstand von Seiten der liberalen Stadtväter, die er verächtlich

* Anhänger von Lazio Rom bzw. AS Rom (Anm. d. Übers.)

als «Libertins» bezeichnete, so war er, nachdem er einmal die Macht erobert hatte, nicht mehr zu stoppen. Im Verlauf von zwanzig Jahren ließ er achtundvierzig so genannte «Gotteslästerer» durch Todesurteile beseitigen. Unter ihnen auch ein so hervorragender Arzt wie Miguel Serveto. Bis zum letzten Moment drang man auf den Verurteilten ein, sich zum Protestantismus zu bekennen, doch der wollte lieber in den Flammen sterben, als die Prädestinationslehre annehmen.

Unter der calvinistischen «Diktatur» hatten alle Genfer mindestens einmal am Tag den Gottesdienst zu besuchen. Auch die Kranken, mit Ausnahme nur der Gelähmten. Glücksspiel, Alkoholgenuss und Ehebruch (allerdings nur von Seiten der Frauen) wurden mit Kerker bestraft. Wir müssen «rein» (lat. *purus*) sein, erklärte Calvin, ja puritanisch! Und um sicherzustellen, dass alle seine Anordnungen befolgten, richtete er eine Art Sondergerichtshof, die Société vénérable ein. Zu den Zehn Geboten schrieb er auch ein Buch mit dem Titel *Christianae religionis institutio*, in dem die christlichen Prinzipien noch ein wenig mittelalterlicher als die im Mittelalter erscheinen.

Bezüglich eines Glaubenssatzes kann man ihm allerdings zustimmen, dem zur Sünde nämlich. Sünde ist Sünde und sollte sich nicht so ohne weiteres durch eine kurze Beichte aus der Welt schaffen lassen, um dann möglicherweise gleich weiter zu sündigen …

Irgendwann beschloss Calvin dann zu heiraten. «*Schön muss sie nicht sein*», sagte er zu einem seiner Glaubensbrüder, «*Hauptsache sie ist keusch, sparsam und kümmert sich um mein leibliches Wohl.*» Er heiratete eine Witwe, die ziemlich unansehnlich, dafür aber eine hervorragende Köchin war. Gesundheitlich mitgenommen, aber noch relativ jung, starben sie praktisch zur gleichen Zeit.

Apropos Johann Calvin

fällt mir automatisch eine Freundin ein, mit der ich in den Fünfzigerjahren ging. Francesca hieß sie. Eines Abends, so gegen acht, saßen wir zusammen in meinem Fiat Cinquecento oben im Parco della Rimembranza, damals ein beliebter Treffpunkt für junge Pärchen, die ein wenig knutschen wollten. Ich hatte die Zeitungen schon an die Scheiben geklebt, als ich sie endlich fragte, wo sie am Vorabend gewesen sei. Immer wieder hatte ich nämlich bei ihr angerufen, sie aber nie erreichen können. Sie erzählte mir, sie sei mit einem gewissen Georgio, einem Kommilitonen von ihr, in der Via dei Mille schwimmen gewesen. Auf meinen Einwand, dieser Georgio sei als ein echter Hurenbock bekannt, antwortete sie eingeschnappt, da läge ich aber falsch, denn Geld habe er ihr nicht gegeben. Ich erwiderte, für ein anständiges Mädchen gehöre es sich eben nicht, mit jedem Dahergelaufenen durch die Gegend zu spazieren, worauf ich zu hören bekam, dann hätte sie jetzt auch nicht mit mir ausgehen dürfen. Kurzum, wir gerieten uns mächtig in die Wolle. Schließlich stieg Francesca aus und knallte die Wagentür mit aller Kraft hinter sich zu. Doch bevor sie abrauschte, rief sie noch: «Jetzt weiß ich endlich Bescheid: Du bist ein Calvinist!»

Vollkommen verdattert blieb ich zurück und fragte mich, was zum Teufel sie damit wohl gemeint haben könnte. Ich raste nach Hause, nahm mein Philosophielexikon zur Hand, schlug nach und begriff endlich, dass «calvinistisch» auch «sittenstreng» bedeutet.

XVI

Nikolaus Kopernikus

Liebe Leser,

wenn Sie mal so gegen ein Uhr mittags, wenn der Himmel klar ist, nichts Besonderes vorhaben, sollten Sie, anstatt sich im Haus zu verkriechen und sich die Mittagsnachrichten im Fernsehen anzuschauen, einfach mal auf den Balkon hinaustreten und die Sonne beobachten. Versetzen Sie sich nun in die Lage von Claudius Ptolemäus, und stellen Sie sich vor, Sie lebten im 2. Jahrhundert n. Chr. und müssten entscheiden, ob Sie selbst sich um die Sonne oder die Sonne sich um Sie dreht.

Eine Frage, das sei vorweggenommen, die nicht leicht zu beantworten ist. Das merkt man schon, wenn man mit dem Zug in irgendeinem Bahnhof steht: Plötzlich gerät etwas in Bewegung, und man weiß im ersten Augenblick nicht, ob der eigene Zug wieder anfährt oder der auf dem Gleis daneben. Er, Ptolemäus, entschied sich für die zweite Möglichkeit, das heißt, dass sich die Sonne um die Erde dreht. Aber vor ihm hatten auch schon Hipparchos und Aristoteles die Theorie einer Welt aus sechs konzentrischen Sphären mit der Erde als Mittelpunkt und einem Karussell von Sternen darüber aufgestellt. Dieses Universum war nun, obgleich von enormen Dimensionen, nicht unendlich, da, nach Aristoteles' Worten, unendlich kein Ort, sondern eine Idee sei.

Die ersten Zweifel regten sich, als man herausfand, dass

sich die Planetenbahnen im Lauf der Jahre verschoben. Und so kam hier und da die Vermutung auf, auch die Erde müsse sich bewegen.

Man überlegte hin und her und verfolgte die Sache immer weiter, bis schließlich das Feld für Nikolaus Kopernikus (1473–1543) bereitet war.

In der damaligen Zeit war das Berufsbild des Astrologen praktisch mit dem des Astronomen identisch. Jedenfalls arbeitete man im Dienst eines Fürsten und hatte jeden Morgen ein neues Horoskop zu erstellen, das stets so günstig wie möglich gestaltet wurde, in der Hoffnung, auch fürstlich entlohnt zu werden, wenn man mit der Vorhersage ins Schwarze traf. Kopernikus aber war kein Astrologe, sondern ein seriöser Mensch und vor allen Dingen Mathematiker. Man könnte fast sagen, ein Ingenieur.

Im polnischen Thorn an der Weichsel geboren, war sein richtiger Name Nikolaj Kopernik. Er studierte in Krakau, Padua, Bologna und Ferrara, und als er dann später die bahnbrechende Eingebung hatte, dass nicht die Erde, sondern die Sonne den Mittelpunkt des Universums bilde, schrieb er sogleich eine Abhandlung mit dem Titel *De revolutionibus orbium coelestium (Über die Umschwünge der himmlischen Kugelschalen)* darüber, hütete sich aber, sie publik zu machen.

Zu jener Zeit konnte die Behauptung, die Erde sei nur einer von vielen Planeten, die um die Sonne kreisen, böse Folgen haben. Denn dies kam praktisch der Aussage gleich, Jesus sei nicht im Zentrum, sondern am Rand der Welt geboren. So verbarg also Kopernikus das Manuskript in seinem Haus, in einer Vertiefung in einer Wand, und zeigte es niemandem. «*Ich verhalte mich*», sagte er, «*wie die Schüler des*

Pythagoras. Sie kennen die Geheimnisse der Natur, weihen aber keine Fremden darin ein.» Das ging so lange gut, bis eines Tages ein Schüler von Kopernikus, ein gewisser Joachim Rheticus, Professor an der Universität in Wittenberg, seinen Meister dazu brachte, ihm das Manuskript zu lesen zu geben. Woraufhin er es, ein Monat war vielleicht vergangen, auch in Druck gab. Es wird erzählt, Kopernikus habe, kaum dass er sein *De revolutionibus* in gotischen Lettern gedruckt sah, einen Herzinfarkt bekommen, an dem er dann auch starb. Es war das Jahr 1543.

Kopernikus' Entdeckung hat nicht nur die Astronomie, sondern auch die Philosophie und Theologie in ihren Grundfesten erschüttert.

Von allen Seiten wurden Einwände laut, wie etwa: «Würde sich die Erde von Westen nach Osten drehen, dürfte ein senkrecht in die Luft geworfener Stein nicht an derselben Stelle herunterkommen, sondern etwas verschoben, weiter westlich.» Oder: «Würde sich die Erde um sich selbst drehen, müsste ein steter Wind spürbar sein, der in Gegenrichtung weht.» Kurzum, es gab Zweifel.

Der größte Widerstand kam aber aus kirchlichen Kreisen. Bekannte man sich zu Kopernikus' heliozentrischem Weltbild, lief man Gefahr, aus der Kirche verstoßen zu werden. Und so ist es nicht verwunderlich, dass Kopernikus selbst sich zu schützen versuchte, indem er seinem Werk ein langes an den Papst gerichtetes Vorwort voranstellte. Darin erklärt der Gelehrte, das Buch lediglich auf Drängen einiger Freunde veröffentlicht zu haben, und dass er auch nicht der Erste sei, der sich dieses Themas annehme: Schon die Pythagoreer oder Heraklit hätten sich damit befasst. Kopernikus fand auch die Unterstützung eines lutherischen Theologen, eines gewissen Andreas Osiander, der, um die Risiken einer Veröffentlichung zu mindern, erklärte, bei den Theorien des Kopernikus handle es sich bloß um mathematische Hypothesen.

Im Folgenden nun, etwas gekürzt, der Abschnitt, mit dem *De revolutionibus orbium coelestium* beginnt:

An den Heiligsten Herrn Paul III., Pontifex Maximus, (…) darum habe ich mich der Mühe unterzogen, die Bücher aller Philosophen, deren ich habhaft werden konnte, wieder zu lesen, um aufzuspüren, ob nicht einer einmal die Meinung vertreten hätte, die Bewegungen der Himmelskörper seien andere als in den Schulen der Mathematik gelehrt würde. Und da fand ich dann wirklich bei Cicero zunächst, Niketas habe gemeint, dass die Erde sich bewege. Nachher las ich bei Plutarch, dass auch andere dieser Meinung seien. Der Pythagoreer Philolaos aber nimmt an, dass sie sich gleich wie Sonne und Mond in einem schiefen Kreis um das Feuer bewege. Herakleides Pontikos und der Pythagoreer Ekphantos lehren auch, dass sie sich bewege, jedoch nicht von einem Ort zum anderen, sondern wie ein Rad vom Niedergang bis zum Aufgang um ihren eigenen Mittelpunkt sich drehend.

Im Lauf der Jahrhunderte haben sich viele maßgebliche italienische Intellektuelle mit der kopernikanischen Wende beschäftigt, unter ihnen auch Giacomo Leopardi. In einer seiner *Operette morali* stellt sich der Dichter vor, Kopernikus und die Sonne träfen sich im Paradies und die Sonne gestehe dem Astronomen, sie habe es gründlich satt, sich Tag für Tag um die Erde zu drehen. Woraufhin Kopernikus die

Sonne bittet, dies für sich zu behalten, weil die physischen und metaphysischen Folgen, wenn das bekannt würde, unabsehbar wären.

XVII

Tycho Brahe und Johannes Kepler

Kopernikus, Brahe und Kepler bildeten das Astro-Trio des 16. Jahrhunderts. Mit Ersterem haben wir uns gerade näher befasst. Der zweite, Tycho (dänisch «Tyge») Brahe, wurde 1546, drei Jahre nach Kopernikus' Tod, in Dänemark geboren und starb 1601 in Polen.

Der dänische Herrscher, König Friedrich II., ein begeisterter Anhänger der Astronomie, nahm sich des jungen Gelehrten an und schenkte ihm eine ganze Insel, und zwar die Insel Ven im Sund, der Meerenge vor Kopenhagen, damit er dort in größter Ruhe und Abgeschiedenheit den Himmel beobachten konnte. Schließlich baute er ihm auch noch ein Schloss und richtete ihm eine Druckerei und ein Observatorium ein.

Und so machte sich Tycho Brahe an die Arbeit: Er unterteilte den Himmel in dreihundertsechzig kleine Quadrate und vermerkte mit Hilfe einer Schar von Assistenten, die ihn wie einen Heiligen verehrten, die Positionen aller Himmelskörper, bis er eine Karte von äußerster Präzision erstellt hatte. Aber das war noch nicht alles: Im Zwiespalt zwischen den beiden Weltbildern seiner Zeit, dem ptolemäischen, wie es die Kirche predigte, und dem kopernikanischen, das die Gelehrten verbreiteten, entwickelte er, um niemandem wehzutun, eine dritte Theorie, nach der sich die Sonne und der Mond um die Erde, die übrigen Planeten aber um die Sonne drehten.

Worauf es ihm im Grunde ankam, war nur, dass die Erde sich nicht bewegte. Um dies zu beweisen, ließ er sich von seinem König eine Kanone schenken, mit der er zwei Schüsse abgeben wollte, einen Richtung Westen und den anderen Richtung Osten. Würde sich die Erde, so überlegte er, während die Kanonenkugeln unterwegs waren, auch nur ein ganz klein wenig bewegen, müssten die Reichweiten voneinander abweichen. Da sie aber nun, wie er feststellte, gleich waren, nahm er dies als Beweis, dass sich die Erde nicht mal einen Millimeter bewegt hatte.

Nach dem Tod Friedrichs II. (1588) wurde Tycho Brahe von dessen Nachfolger entlassen. Von solch einer Kleinigkeit ließ sich unser Gelehrter jedoch nicht entmutigen und zog nach Prag, wo er sich am Hof des Kaisers Rudolf II. niederließ und in seinem Werk *De mundi aetherei* folgenden Gedanken zu Papier brachte:

Nachdem ich verstanden hatte, dass weder die Theorie des Ptolemäus noch die des Kopernikus zu genauen Resultaten führen, machte ich mich daran, eine dritte Hypothese zu ersinnen, die nicht im Gegensatz zur Mathematik und zur Physik stünde.

So entstand das so genannte Tychonische System, jenes System also, in dem das erste Zentrum die Erde ist (um die sich auch die Sonne, der Mond und die Sterne drehen) und das zweite Zentrum die Sonne (um die Merkur, Mars, Venus, Jupiter und Saturn kreisen). Von dem Planeten Pluto wusste man damals noch gar nichts.

Auf seinem Sterbelager vertraute Brahe das Tychonische System seinem Lieblingsschüler, dem jungen Johannes Kepler, an. Dieser war jedoch zu sehr von den Erkenntnissen des Kopernikus überzeugt, als dass er die Theorie der zwei Zentren hätte akzeptieren können. Im Augenblick schwieg er dazu, auch weil der todkranke Tycho ihn nicht mehr verstanden hätte. Doch kaum war sein Meister unter der Erde, zog er ein neues System aus der Tasche und veröffentlichte es.

Johannes Kepler (1571–1630) erblickte in Weil in der Gegend von Stuttgart das Licht der Welt. Seine größte Leistung war die Entdeckung, dass die Planetenbahnen keine Kreise, sondern Ellipsen beschreiben. Von Kaiser Rudolf II. zum «Hofmathematiker» ernannt, ließ auch er sich in Prag nieder und machte sich daran, die Sonne wieder an den richtigen Platz zu setzen. Danach legte er dann, indem er sich aller Aufzeichnungen seines Lehrers Brahe bediente, nach und nach alle Planetenbahnen neu fest. So schuf er ein Modell, das immerhin vier Jahrhunderte lang unverändert Gültigkeit behalten sollte.

Wie schon Pythagoras verglich auch Kepler die Beziehungen der Himmelskörper mit denen der Töne in der Musik. Er «hörte», dass es im Kosmos so etwas wie eine göttliche Harmonie gebe, in der die Musik und die Mathematik zusammenklängen. Zu Beginn seiner Forschungen nahm er sogar an, dem Universum wohne eine Art Seele inne, die er als *anima matrix* bezeichnete. Später korrigierte er sich und verglich das Universum nun mit einer Uhr, die, einmal in Bewegung gesetzt (hoffentlich von Gott), nicht mehr zu stoppen sei.

Kepler bewies seine genialen Fähigkeiten auf den verschiedensten Gebieten. So entwickelte er eine mathematische Formel zur genauen Berechnung des Rauminhalts eines

Weinfasses, von dem nur drei Maße bekannt sind: die Grundfläche, die Höhe und der Umfang in der Mitte. Darüber schrieb er eigens eine Abhandlung mit dem Titel *Nova stereometria doliorum vinariorium*. Außerdem beschäftigte er sich mit Problemen der Optik (er kann als Begründer der modernen Optik gelten) und verwendete als Erster konvexe Linsen in Fernrohren. Und schließlich hinterließ er der Nachwelt ein gigantisches astronomisches Werk, das in sieben Bände unterteilt ist.

Kepler scheint ein guter Mensch gewesen zu sein: Er setzte sich immer für seine Schüler ein, vor allem aber für seine Mutter, die von den Geistlichen ihres Heimatortes der Hexerei beschuldigt wurde. Indem er seine guten Beziehungen nach ganz oben nutzte, gelang es ihm, sie vor dem Scheiterhaufen zu retten. Kepler starb in Regensburg im Alter von neunundfünfzig Jahren.

stelle ich mir vor, wie sie alle drei im Himmel auf einer Wolke sitzen und sich von dort oben aus über das Universum Gedanken machen. So hocken sie also zusammen und stellen sich unablässig Fragen, die alle um die Sterne kreisen.

«Nikolaus», meint Kepler zu Kopernikus, «sag mal, hättest du dir zu deinen Lebzeiten das Universum eigentlich so groß vorgestellt? Oder weißt du gar nicht, wie viele Galaxien es gibt?»

«Nein, wie viele sind es denn?»

«Das kann ich dir sagen. Ich weiß es von einem Engel, der sich in der Astronomie gut auskennt. Mehr als vierhundert Millionen sind es, und eine jede besteht aus einundzwanzig Milliarden Sternen und acht Millionen schwarzen Löchern.

«Schwarze Löcher?», schaltet sich Tycho Brahe ein. «Was meinst du denn damit?»

«Mein Gott, lebst du hinterm Mond!», ruft Kepler aus. «Ihr aus Kopenhagen seid aber auch nie auf dem Laufenden. Dabei weiß heute schon jedes Kind, was schwarze Löcher sind.»

«Ist ja schon gut», tadelt ihn Kopernikus, «anstatt dich aufzuregen, solltest du ihm lieber mal erklären, was es mit diesen schwarzen Löchern auf sich hat.

«Nun, als schwarzes Loch bezeichnet man einen Stern», beginnt Kepler in ein wenig schulmeisterlichem Ton, «der in sich zusammengestürzt ist und dessen Sauerstoff- und Kohlenstoffanteile zu Schwermetallen wurden, die so unglaublich schwer sind, dass kein Licht mehr nach außen dringen kann. Und all das nur infolge eines Problems mit der Gravitation.»

«Ist ja unglaublich», bemerkt Brahe kopfschüttelnd, «weiß man von diesen Dingen eigentlich nur in Deutschland?»

«Was hat denn Deutschland damit zu tun?», protestiert Kepler, «das ist die Astronomie unserer heutigen Zeit. Natürlich nicht zu vergleichen mit der von dir und deinem Friedrich II.»

«Aber wenn von dort kein Licht nach außen dringen kann», gibt Brahe zu bedenken, «werden wir doch nie solch ein schwarzes Loch sehen können.»

«Doch, wir schon. Weil wir keine Menschen sind, sondern Seelen», erklärt Kepler. «Aber wenn du mal ein besonders beeindruckendes sehen willst, dann wirf morgen früh mal einen Blick auf M 87. Da findest du eins. Es liegt genau im Zentrum der Galaxis. Stell dir vor, in einem solchen Loch wiegt selbst eine Münze, ein Euro zum Beispiel, mehr als tausend Tonnen.»

«Ein Euro?», ruft Tycho Brahe, der nicht die leiseste Ahnung hat, was ein Euro ist, verwundert aus.

«Verzeiht, wenn ich mich einmische», unterbricht sie Kopernikus jetzt. «Aber hatten wir nicht abgemacht, dass wir scopone col morto* spielen?»

«Stimmt ja, aber jetzt ist es schon ziemlich spät», antwortet Kepler, «außerdem habe ich die Karten vergessen.»

«Dann schauen wir eben mal in die Vorhölle rein», schlägt Kopernikus vor, «da können wir Ptolemäus wieder mal ein bisschen auf den Arm nehmen. Bei dem braucht man nur sein Weltbild, mit der Erde als Mittelpunkt, zu erwähnen, und er kriegt einen Tobsuchtsanfall!»

* «*Scopone* mit einem Toten», Variante des beliebten Kartenspiels *scopa* (Anm. d. Übers.)

XVIII
Ärzte und Zauberer

Von den Astronomen kommen wir jetzt zu den Magiern. Nun weiß ich nicht, wie Sie, lieber Leser, zur Magie stehen. Ich aber möchte vorausschicken, dass ich, in meiner Eigenschaft als Ingenieur, zunächst einmal an rein gar nichts Übersinnliches glaube, auch wenn ich einräumen muss, dass von Zeit zu Zeit auf dieser Welt Dinge geschehen, die ich nicht erklären und mir nicht erklären kann. Die Magie nun erlebte ihre Glanzzeit (fast hätte ich «ihren magischen Moment» geschrieben) eben zu Begin des 16. Jahrhunderts. Zu jener Zeit, als chirurgische Eingriffe üblicherweise noch vom Barbier vorgenommen wurden, waren die Ärzte fast immer auch Magier, und je unwissender die Patienten, desto größer war das Vertrauen, das sie den Wunderheilern entgegenbrachten.

Agrippa von Nettesheim

Beginnen wollen wir mit dem Astrologen, Arzt, Philosophen und Alchemisten Cornelius Agrippa von Nettesheim (1486 bis 1535). Vom Neuplatonismus und der Kabbala beeinflusst, entwickelte er eine Lehre der drei Magien, als da wären: die *natürliche Magie*, die *himmlische Magie* und die *religiöse Magie*. Auf erstere gelte es zurückzugreifen gegen die dunklen

Kräfte der Natur, das heißt bei Erdbeben, Überschwemmungen und allen anderen nur denkbaren Naturkatastrophen; auf die zweite im Zusammenhang mit dem Einfluss der Sterne und auf letztere gegen die Macht des Satans. Einen Magier wie ihn selbst als Schutzengel zur Seite zu haben, war in dieser Situation also das Beste, was man sich nur wünschen konnte. Das Geheimnis liege, so sagte er, in der *Dignifikation*, also der gelungenen Abkehr vom fleischlichen Verlangen.

Ihm selbst aber scheint das nicht so ganz gelungen zu sein: Es heißt, er sei während des Liebesspiels an einem Herzinfarkt gestorben. Neben der Beschäftigung mit dem anderen Geschlecht blieb ihm aber auch noch die Zeit, folgende Werke zu verfassen: *De incertitudine et vanitate scientiarum* (*Über die Unsicherheit und Eitelkeit der Wissenschaften*) und *De occulta philosophia* (*Über die okkulte Philosophie*).

Paracelsus

Ein anderer wichtiger Magier und Arzt war Philippus Aureolus Theophrastus Bombastus von Hohenheim (1493–1541), kürzer unter dem Namen Paracelsus bekannt. Vom Charakter her scheint er ein ziemlich rauer Bursche gewesen zu sein. So beschreibt ihn uns zum Beispiel sein Verleger Johannes Oporinus: «*Ich habe Theophrastus noch nie länger als zwei Stunden nüchtern gesehen. Üblicherweise kehrt er vollkommen betrunken nach Hause zurück und lässt sich in seinen Kleidern, das Schwert an der Seite, aufs Lager fallen. Dann schrickt er häufig des Nachts aus dem Schlafe auf und beginnt, mit dem Schwert auf die Möbel und Wände seiner Kammer* *einzudreschen.»** Francis Bacon wird einige Jahre später sowohl ihn als auch Agrippa als Scharlatan bezeichnen.

Paracelsus wurde bekannt, als er auf einem öffentlichen Platz, vor einem Publikum aus Apothekern und Barbieren, die Bücher von Galenus und Avicenna verbrannte. Wegen dieser Tat wurde er auch «der Luther der Alchemie» genannt.

Paracelsus ließ sich vom Prinzip eines Zusammenspiels von Makro- und Mikrokosmos, und folglich auch von äußerer Welt und Mensch, leiten. Er entwickelte eine Theorie, nach der die Gesundheit des Menschen von der richtigen Dosierung dreier lebenswichtiger Substanzen im Körper abhänge: Dies waren für ihn Salz, Schwefel und Quecksilber. Der Mensch, so lehrte er, sei ein chemischer Organismus, der nur durch ein Miteinander von theologischen, astrologischen, philosophischen und alchemistischen Heilmitteln gesunden könne. Wenn er dies in die Praxis umsetzte, mussten seine Patienten wohl sehr langwierige Behandlungen über sich ergehen lassen.

Alle Ärzte jener Zeit lehnten Paracelsus ab, und er zahlte es ihnen mit Zins und Zinseszins heim, indem er die Schrift *Wider die falschen Ärzte* verfasste. In einer seiner Schmähschriften, in der dritten, um genau zu sein, bricht er sogar eine Lanze für Gifte.

O ihr Ruchlosen, werft mir vor, meine Arzneien seien reich an Giften, und so frage ich euch: Wisst ihr denn nicht. Alle Dinge sind Gift, und nichts ist ohne Gift, allein die Dosis macht's, dass ein Ding kein Gift ist.

* Paracelsus, *Wider die falschen Ärzte*

Und damit hatte er auch vollkommen Recht. Nicht zufällig bedeutet das griechische Wort *pharmakon* sowohl «Medizin» als auch «Gift». Es kommt wirklich nur auf die Dosierung an.

In derselben Schrift erklärt Paracelsus, seine Kollegen verrieten die Sache solch großer Ärzte wie Asklepios, Machaon, Podaleirios und Hippokrates und übten ihren Beruf mehr um des Geldes als um der christlichen Barmherzigkeit willen aus. Und er schließt mit den Worten:

*Fand sich einst ein Verräter unter zwölf Aposteln, so findet man heute nur mit größter Mühe einen ehrlichen Arzt unter zwölfen, die die Heilkunst ausüben.**

Girolamo Fracastoro

Auch der Veroneser Girolamo Fracastoro (1478–1553) ging als Arzt, Magier, Alchemist und Chymist in die Geschichte ein. Im Grunde war er aber ein Poet. So lebte er ganz nach einer Theorie von Aristoteles, die besagt, der wahre Unterschied zwischen einem Gelehrten und einem Poeten liege darin, dass Ersterer sich mit dem Wahren, Letzterer sich aber mit dem Wahrscheinlichen beschäftige. Er verfasste eine Abhandlung mit dem Titel «Sympathie und Abnei-

* Gewiss haben sich nach fünf Jahrhunderten die Dinge geändert, doch am 20. März 2003 veröffentlichten italienische Zeitungen eine Meldung der Nachrichtenagentur Ansa, in der es heißt, laut der Ärztekammer belaufe sich die Zahl der regulären Zahnärzte in Italien auf 40 000, während gleichzeitig 45 000 nicht gemeldete Zahnärzte tätig seien. Unter diesen fänden sich Feuerwehrmänner, Straßenbahnschaffner, Klempner und weitere «Handwerker».

gung», in der er beschreibt, wie sich gleiche Dinge anziehen und ungleiche abstoßen.

Sein eigentlicher Ruhm gründet sich jedoch auf seine Forschungen zu einer Krankheit, die nach der Entdeckung Amerikas in die Alte Welt gelangt war. Die Franzosen nannten sie *Maladie napolitaine*, weil sie ein neapolitanischer Matrose namens Aniello, ein Gefährte von Christoph Kolumbus, verbreitet haben soll. Eigentlich handelte es sich aber um eine Infektion, die in der ganzen Welt als *morbo gallico* bekannt wurde. Doch wie dem auch sei, fest steht, dass die Übertragung nur durch Geschlechtsverkehr erfolgte. In seinem Epos mit dem Titel *Syphilis sive de morbo gallico* taufte Fracastoro die Krankheit dann Syphilis. Der Name leitet sich von einem griechischen Mythos ab: Der Hirte Syphilus hatte Zeus einmal furchtbar beleidigt, und zur Strafe verdammte ihn der Göttervater dazu, eine abstoßende Krankheit zu übertragen, sobald er eine Frau, und sei es auch nur mit dem kleinen Finger, berührte.

Gerolamo Cardano

Gerolamo Cardano (1501–1576) war nicht bloß Arzt, Magier und Alchemist, sondern auch ein hervorragender Mathematiker. In seinem in zehn Bänden zusammengefassten Werk beschäftigt er sich mit den verschiedensten Problemen aus allen möglichen Bereichen. Beispiele: Wie lassen sich gesunkene Schiffe heben? Wie sind essbare von giftigen Pilzen zu unterscheiden? Wie werden kubische Gleichungen gelöst? Wie gewinnt man im Schach? Wie lassen sich rotierende Wellen miteinander verbinden? (Dazu erfand er ein

System, das später als «kardanische Aufhängung» bekannt wurde.)

Cardano hatte aber auch allgemeinere Ratschläge parat, wie etwa den: «*Sprichst du mit einem Menschen, so schau ihm nicht ins Gesicht, sondern auf die Hände, besonders wenn es sich um eine Person handelt, der du nicht ganz traust.*»

Cardano war leider kein glückliches Leben beschieden: Er selbst erzählt davon in seiner Autobiographie mit dem Titel *Des Girolamo Cardano von Mailand eigene Lebensbeschreibung*. Als Kind wurde er von seiner Mutter täglich verprügelt, und als alter Mann musste er miterleben, wie einer seiner Söhne wegen Mordes auf dem Schafott endete.

Giambattista Della Porta

Schließen wollen wir diesen kurzen Überblick über die Magier-Ärzte mit Giambattista Della Porta (1535–1615). In erster Linie war er nicht Arzt, sondern Optiker. Er schrieb eine Abhandlung über die Geheimnisse der Natur, in der er zwischen zwei Arten von Magie unterschied, der diabolischen, wie sie falsche Wunderheiler praktizierten, und der natürlichen, auf die auch seriöse Ärzte zurückgriffen. Schließlich bleibt noch zu erwähnen, dass er nicht nur Arzt und Magier, sondern auch Neapolitaner war.

Apropos Magier und Astrologen

muss ich daran denken, wie eines Tages meine Freundin Adriana, von Beruf Sekretärin, ganz aufgeregt bei mir hereinschneite. Eine Wahrsagerin habe ihr eine leidenschaftliche Romanze mit einem glatzköpfigen Mann vorhergesagt, erzählte sie, und gerade mal zwei Monate später habe sie einen fast kahlen Bankdirektor kennen gelernt, der ihr ordentlich den Kopf verdreht habe.

«Zu der musst du auch mal gehen», meinte sie. «Die gibt deinem Leben eine völlig andere Richtung.»

«Abgesehen davon», antwortete ich, «dass ich absolut keine Lust habe, meinem Leben eine völlig andere Richtung geben zu lassen, würde mich mal interessieren, was dir diese Dame bei deinem Besuch sonst noch alles vorhergesagt hat.»

«Ach, alles Mögliche. Ich war ja zwei Stunden bei ihr. Natürlich hat sie mir auch die Karten gelegt. Sie meinte, ich würde im Lotto gewinnen, und so spiele ich jetzt regelmäßig ein paar Tippreihen. Früher oder später werde ich gewinnen, das weiß ich genau.»

«Und da kommt dir gar nicht der Verdacht«, warf ich ein, «dass es sich, wenn sich nur eine von vielen Ankündigungen bewahrheitet, gar nicht mehr um eine zutreffende Vorhersage, sondern um einen bloßen Zufall handelt? Der entscheidende Punkt ist aber, dass du dich zur Komplizin der Wahrsagerin machst. Indem du die vielen Prophezeiungen, die nicht eingetroffen sind, verschweigst, machst du eine Werbung für sie, die sie gar nicht verdient hat. Und das ist noch nicht alles.»

«Was denn noch?»

«Na, es ist doch so: Du lässt dir gern die Zukunft vorhersagen. Aber warum? Na, weil die falsche Schlange streng darauf achtet, dir nur angenehme Dinge zu verkünden. Auf diese Weise hofft sie nämlich, eines Tages, wenn zufällig einmal etwas davon eintreffen sollte, noch mal extra belohnt zu werden.»

«Das stimmt doch gar nicht! Sie hat mir nicht nur angenehme Dinge geweissagt, sondern auch erkannt, dass ein ‹Malocchio› auf mir lastet.»

«Der böse Blick? Und du hast ihr das geglaubt?»

«Ja selbstverständlich. Gott sei Dank hat sie mich in nur drei Sitzungen davon befreit, indem sie mich einen von ihr selbst entwickelten Duftstoff einatmen ließ.»

«Einen Duftstoff?»

«Ja, einen Duftstoff. Hier ist er. Der wirkt Wunder!» Und sie zeigt mir ein Fläschchen und fügt dann hinzu: «Und soll ich dir mal was sagen: Seit ich ihn immer bei mir trage, ist mir nichts Unangenehmes mehr zugestoßen – abgesehen von meinem heutigen Besuch bei dir!»

XIX
Nostradamus

Michel de Nostredame, besser unter dem Namen Nostradamus bekannt, kam am 14. Dezember 1503, Punkt zwölf Uhr, in Saint-Rémy in der Provence zur Welt. Sein Großvater war jüdischen Glaubens gewesen und am Festtag der Jungfrau Maria, Notre Dame also, in Paris zum Christentum übergetreten. Deswegen hatte er beschlossen, seinen Nachnamen zu ändern und sich fortan Nostredame zu nennen. Sein Enkelsohn Michel sprach bereits im Alter von sechzehn Jahren neben Französisch auch sehr gut Latein, Griechisch und Hebräisch. Er studierte in Avignon, wo er mit siebzehn schon einen Abschluss in Grammatik, Logik und Rhetorik machte. Durch seine Prophezeiungen wurde Nostradamus bereits zu Lebzeiten ein berühmter Mann und trug so, mehr als jeder andere, zur Verbreitung der Astrologie bei.

Wie viele seiner Kollegen war auch er zunächst Arzt und Apotheker. Später nahm er einen Ruf der medizinischen Fakultät der Universität Basel an. In Salon-de-Provence besaß er sogar sein eigenes Observatorium, wo er seine Nächte damit zubrachte, die Bewegungen der Sterne zu beobachten. Als sich in Frankreich die Pest ausbreitete, beschworen ihn die Stadtväter von Bordeaux, Agen und Aix-en-Provence, ihnen zu Hilfe zu kommen und bei der Betreuung der Kranken mitzuarbeiten. Und er ließ sich nicht lange bitten: Tag und Nacht verbrachte er bei den Sterbenden. Seit jener Zeit verehrten ihn die Menschen wie einen Heiligen.

Nostradamus reiste sehr viel, und das nicht nur in Frankreich. Anderthalb Jahre lebte er auch in Italien. Sogar bis nach Cumae gelangte er, wo er die Grotte seiner Kollegin Sibylle besuchte. In Ancona soll ihn eines Tages eine seiner zahlreichen Vorahnungen überkommen haben: Als ihm beim Überqueren einer Straße eine Gruppe Mönche begegnete, kniete er spontan vor einem von ihnen nieder. Sechsunddreißig Jahre später wurde dieser Mönch als Sixtus V. zum Papst gewählt. Während der Französischen Revolution schließlich wurde Nostradamus' Grab geschändet, und man erzählt, zwischen den Fingerknochen seines Skeletts habe man ein Schildchen gefunden, auf dem das genaue Datum der Grabschändung verzeichnet war. Mag ja sein, aber ich glaube trotzdem nicht daran.

Nostradamus schrieb zehn astrologische *Centurien*, eine jede in hundert Vierzeiler unterteilt, in denen er alles nur Prophezeibare prophezeite, vom Beginn des 16. Jahrhunderts bis zum Jahr 3797. In den meisten Fällen haben die Sätze weder Hand noch Fuß. Der Erfolg jedoch war überwältigend, und es lässt sich nicht bestreiten: Er hält noch heute an. Die Königin Katharina von Medici empfing ihn bei Hofe und stellte ihn unter ihren persönlichen Schutz.

Von seinen Vierzeilern habe ich hier nur einen ausgesucht, und zwar den 97. der VI. Centurie, in dem er den Einsturz des World Trade Centers in New York vorhersagt. Nostradamus schreibt:

Cinq et quarante degrez ciel brusiera,
Feu approcher de la grand' citè neuve,
Instant grand flamme esparse sautera,
Quand o voudra des Normans faire preuve.

Bei fünfundvierzig Grad wird der Himmel brennen,
Das Feuer nähert sich der neuen großen Stadt,
Im selben Moment schießt eine große mächtige Flamme empor,
Wenn man versucht, die Normans auf die Probe zu stellen.

Nun: Kann es da noch Zweifel geben? Die «neue große Stadt» und die «fünfundvierzig Grad» können sich doch nur auf New York und seine nördliche Breite beziehen, die eben bei genau 40,5 Grad liegt. Hätte Nostradamus auch noch den genauen Zeitpunkt mit Datum und Uhrzeit hinzugesetzt (11. September 2001, um 15.00 Uhr) wäre die Sache perfekt.

Nostradamus' letzte Prophezeiung betrifft nun ihn selbst. An seinen treuen Sekretär Chavigny gewandt erklärte er: «*Nicht mehr sehen wirst du mich beim Aufgang der Sonne*», und in der Tat fand man ihn am nächsten Morgen, es war der 2. Juli 1566, tot in seinem Bett.

Man möge mich nicht für respektlos halten, aber ich glaube weiterhin, dass Nostradamus absolut nichts vorhergesehen hat. Das Phänomen Nostradamus erklärt sich meiner Ansicht nach aus der bekannten Redensart: «Hinterher ist man immer schlauer.» Das heißt, ein Ereignis von heute wird einem Vierzeiler von gestern angeglichen. Man nenne mir irgendein Ereignis, gebe mir eine halbe Stunde Zeit, und ich werde einen Vierzeiler von Nostradamus finden, der perfekt darauf passt. Auch der Irakkrieg wird sich finden lassen. Man muss nur richtig suchen.

XX
Bernardino Telesio

Mit seinen Lehrern braucht man Glück: Wenn man in der Schule die richtigen erwischt, findet man sich später im Leben gut zurecht. Ich persönlich hatte dieses Glück, damals auf dem Iacopo-Sannazaro-Gymnasium in Neapel, sowohl mit meinem Mathematik- als auch mit dem Philosophielehrer, die mir alle beide eine Menge beibrachten. Sie hießen Giuseppe Signore beziehungsweise Placido Valenza. Gott hab sie selig!

Bernardino Telesio (1509–1588), aus Cosenza gebürtig, verdankte sein Wissen hingegen zi' Antonio, seinem Onkel Antonio also. Dieser Onkel war ein sehr belesener Mann. Er nahm Bernardino unter seine Fittiche und machte ihn zum gebildetsten Jungen ganz Cosenzas. Damit ebnete er ihm den Weg nach Mailand, Rom und Padua, wo Bernardino Doktortitel in den Naturwissenschaften, in Mathematik und Medizin erwarb. Kurzum, der Onkel war für ihn das, was man heute einen Tutor nennt. Einmal half er Telesio aus der Patsche, in die dieser in der Zeit, als er in Rom wohnte, geraten war. Landsknechte hatten ihn ergriffen und wegen Betrugs in den Kerker geworfen. Daraufhin suchte Onkel Antonio den verantwortlichen deutschen Offizier auf, und indem er ihm etwas von einer Körperbehinderung seines Neffen erzählte, gelang es ihm, Telesio frei zu bekommen.

Drei «Dinge» waren für Telesio von größter Bedeutung:

das Warme, das Kalte und die Materie. Und zumindest hinsichtlich dieser Prinzipien hatte er niemals Zweifel: Wärme dehnt die Materie aus, Kälte zieht sie zusammen. Telesio stellte sich die Materie als etwas Träges, Geistloses, nahezu Totes, zu jedweder Aktion Unfähiges vor, das erst durch Wärme oder Kälte in Bewegung gesetzt werde. Auch die Seele sei, wie Telesio lehrte, aus Materie geschaffen. Einer möglicherweise etwas anders gearteten Materie, dünner, schwerer zu greifen, aber dennoch aus Materie.

Telesio entwickelte eine *naturalistische* oder *sensualistische* Lehre, das heißt, er führte alle Erkenntnisse oder seelischen Erscheinungen auf die sinnliche Wahrnehmung oder Empfindungen zurück. Trinken, essen, tanzen, ein schönes Gemälde betrachten, mit einer tollen Frau schlafen, von meinem früheren Haus in Neapel aus den Vesuv bewundern, all dies wären für ihn nichts anderes als Beispiele sensualistischer Erfahrungen. Daher muss für ihn die Natur *iuxta propria principia*, nach ihren eigenen Prinzipien also, erforscht werden, das heißt mit eben jenen Werkzeugen, die sie selbst uns zur Verfügung gestellt hat. Öffnen wir uns der Welt, fordert uns Telesio auf, lassen wir uns treiben, und wir werden feststellen, dass uns die Natur entgegenkommt und sich in all ihren Geheimnissen offenbart.

Besonders die Metaphysik und alles, was sich nicht mit den Sinnen erfassen lässt, erregte Telesios Unmut. Allgemein anerkannte Theorien, wie etwa die von «Akt» und «Potenz», gingen ihm gegen den Strich. Mit anderen Worten, er hatte nichts für Aristoteles übrig. Andererseits war er aber auch sehr vorsichtig. Seine Angst vor der Macht der Kirche war so groß, dass er seine Abhandlungen üblicherweise, egal, wie harmlos das Thema auch sein mochte, mit den Worten *«Vo-*

rausgesetzt, das Gesagte steht nicht im Gegensatz zur Heiligen Schrift» abschloss.

Sein berühmtestes Werk lautet *De rerum natura iuxta propria principia* (*Die Natur der Dinge nach den ihr eigentümlichen Prinzipien dargestellt*) (1586) und ist praktisch eine Beschreibung aller Hauptaspekte der Natur. Zunächst veröffentlichte er es in zwei Bänden, um es später dann, indem er neue Erkenntnisse anfügte, auf neun zu erweitern. Er steckte alles hinein, was er über die uns umgebende Natur wusste. Er schrieb über die Meere, die Flüsse, den Himmel und die Vulkane, über die gesamte Natur, die *«immer wieder Gleiches in gleicher Reihenfolge»* hervorbringt. Die Natur war für ihn so etwas wie ein Lebewesen, fast wie ein Tier. Heutzutage würde Telesio sicher die Grünen wählen. Interessant ist nur, dass seine Theorien, wenn man sich etwas genauer mit ihnen beschäftigt, am Ende selbst metaphysisch werden, manchmal sogar richtig platonisch.

Apropos Bernardino Telesio

habe ich vor einiger Zeit den Sensualismus entdeckt. Worum handelt es sich dabei? Nun, leicht gesagt: Man braucht nur mal das Duschen sein lassen und der Badewanne den Vorzug geben. So steige ich morgens also in das Wasser, das so heiß sein muss, dass man kaum hineinkommt. Dann liege ich völlig reglos im Dunkeln da, in absoluter Stille, kein Radio oder Fernseher, die mich ablenken könnten. Nach und nach werde ich eins mit der Materie. Ich stelle mir vor, ich sei ein Fuß, nichts weiter als ein Fuß, oder ein Arm und würde die Welt durch die Wärme des Wassers spüren. Das W und das K auf den Wasserhähnen erinnern mich an das Prinzip von warm und kalt, das für Telesio eine so große Rolle spielte.

Dabei habe ich mir einmal sogar Gedanken über die Spartaner gemacht, die sich, da sie das ganze Jahr über nur ein einziges Gewand tragen durften, zwischen Wolle und Leinen entscheiden mussten. Was ist schlimmer zu ertragen, die Hitze im Sommer oder die Kälte im Winter?, fragten sie sich.

Wofür ich mich entschieden hätte, weiß ich nicht. Aber die Frage kommt mir häufig in den Sinn, und zwar immer dann, wenn ich aus der Wanne steige. Und mein Urteil richtet sich danach, welche Jahreszeit wir gerade haben.

XXI

Michel de Montaigne

Ich mag Michel de Montaigne (1533–1592). Seine Bücher kann man richtig lesen, und man versteht immer, was er sagen will, vom ersten bis zum letzten Wort. Schon der Titel seines bekanntesten Werkes, *Essais (Essays)*, deutet an, worum es ihm hier eigentlich geht. Nämlich um den Versuch, seine eigenen Lebenserfahrungen kritisch abwägend zu betrachten und ihre tiefere Bedeutung zu erkennen.* Herausgekommen ist dabei das zutiefst persönliche, politische und moralische Porträt eines Mannes, der im Zweifelsfall immer das Herz dem Verstand unterordnet.

Michel de Montaigne kam im prächtigen Schloss seiner Familie in der Gegend von Bergerac, der Heimat von Cyrano, zur Welt. Im Gegensatz zu Rostands Helden war er aber weder Poet noch Degenfechter, sondern einfach ein extrem rationaler Mensch. Er studierte Recht und Philosophie und reiste kreuz und quer durch Europa, insbesondere die Schweiz, Deutschland und Italien. Im Jahr 1580 kam er auch bis Rom hinunter. Als man ihm das Amt des Bürgermeisters von Bordeaux antrug, kehrte er in seine Heimat zurück, und zwar mit 271 Büchern, die er alle lesen wollte, im Gepäck und bewegte sich bis zu seinem Ende nie mehr von dort fort.

* «Essay», aus lat. *exagium*, das «Abwägen» (Anm. d. Übers.)

Die Hauptfigur seiner *Essays* nennt sich «Ich», und damit ist tatsächlich er selbst gemeint. Jemand hat ihn mal als «Maler seiner selbst» bezeichnet. Und in der Tat beobachtet er sich in seinen *Essays* ganz genau, kritisiert sich und vergleicht sich mit anderen. Man hat manchmal den Eindruck, er habe sie vor dem Spiegel sitzend verfasst. Es geht um Betrachtungen, die nie religiös sind. Sie handeln von menschlichen Begebenheiten und nicht von Idealen, denen nachzustreben wäre. Dabei schwankt Montaigne zwischen einer stoischen und einer skeptischen Weltsicht. Je mehr er über die Gegenwart nachdenkt, desto größer werden seine Zweifel hinsichtlich der Zukunft. Mit anderen Worten, er weiß um die Gefährdungen und vor allem die Kürze der menschlichen Existenz. Er ist also weniger am Sein als vielmehr am Werden interessiert. Für Michel de Montaigne stellt der Mensch ein lebendes Paradoxon dar. Er ist, nach seinen Worten *«das zerbrechlichste aller Wesen und gleichzeitig das anmaßendste»*. Um davon einen Eindruck zu vermitteln, hier fünf seinen *Essays* entnommene Gedanken:

Wir sind nie ganz bei uns, sondern immer ein wenig abwesend. Angst, Verlangen und Hoffnung versetzen uns in die Zukunft und nehmen uns das Bewusstsein der Gegenwart. Schließlich beschäftigen wir uns gar mit dem, was sein wird, wenn wir selbst schon lange nicht mehr sind.

Ich beschreibe den Menschen so, wie er ist. Könnte ich ihn ganz von neuem modellieren, so würde ich wahrhaftig ganz etwas anderes daraus machen, als er ist. Dazu ist's aber leider zu spät. Mein eigenes Leben ist bescheiden und ohne Glanz.

Ein wenig Gegenwind, das Krächzen eines Krähenschwarms, der Fehltritt eines Pferdes, das zufällige Vorüberfliegen eines Adlers, ein Traum, ein Zeichen, eine Stimme im Dunkeln, morgendlicher Frost können zuweilen ausreichen, den Menschen zu erschüttern und niederzuwerfen.

Andere klagen, dass ich zu viel über mich rede, und ich beklage, dass sie nie über sich reden. Wer von uns mag es wohl falsch machen?

Kann man sich etwas Lächerlicheres vorstellen als jene erbärmliche Kreatur, die sich für den Herrn der Welt hält und dabei noch nicht einmal ihr eigener Herr ist?

Kurzum, der Mann war ein Pessimist, wie er pessimistischer nicht hätte sein können. In diesem Sinn kann man in ihm auch einen Vorgänger unseres Leopardi sehen. Was man nicht versteht, ist bloß, warum er sich nicht umgebracht hat.

gibt es da etwas in seiner Philosophie, das mich immer nachdenklich gemacht hat. Montaigne sagt in einem seiner Essays: «Ich merke wohl, man muss auf seiner Hut sein, um sich nicht von der gemeinen Sage verführen zu lassen, sondern nach Anleitung der Vernunft und nicht nach der Meinung der Mehrheit zu urteilen.»*

Mit diesen Worten führt er das Thema Kannibalismus ein: Einen Menschen zu verzehren, erklärt er, sei natürlich verwerflich, aber nur dann, wenn wir ihn töten, um uns sein Fleisch einzuverleiben. Aber wem täten wir damit weh, wenn er bereits tot sei? Niemandem. Warum sollte man einen Verstorbenen also nicht schlachten, wenn das Menschenfleisch vielleicht das Überleben anderer Menschen ermöglicht?

Diese Gedanken kamen Montaigne, weil er in seinem Schloss einen afrikanischen Diener, einen Exkannibalen, beschäftigte. Montaignes Worten nach war dieser Diener ein herzensguter Mensch, der noch keinem lebenden, und ich betone «lebenden» Wesen je etwas zu Leide getan hatte.

Tatsache ist ja, dass wir alle dazu neigen, jene Dinge verwerflich zu finden, die unserer eigenen Lebensweise fremd sind.

Dieses Phänomen ist schon von den alten Griechen bekannt, die in allen fremden Völkern grundsätzlich Barbaren sahen. Auch Montaigne erwähnt sie in diesem Zusammenhang und sagt sinngemäß: So verurteilte man die Vielweiberei, nahm aber so Entsetzliches wie Tyrannei, Verrat oder Grausamkeit als gegeben hin.

* Vgl. Michel de Montaigne, *Essays*, Buch I, Kapitel 30

XII

Giordano Bruno

Filippo Bruno (1548–1600) kam als Sohn eines Söldners in Nola zur Welt. Er war noch ein kleiner Bub, als er als Novize in ein Dominikanerkloster eintrat, das er vierundzwanzigjährig mit dem neuen Namen Giordano als Priester wieder verließ. Seine Probleme begannen in jener Zeit, als er sich daran machte, Katholizismus und Neuplatonismus zusammenzubringen. So erklärte er sich zum virtuellen Sohn Demokrits und Heraklits, Lukrez' und Epikurs, und es war besonders die Vaterschaft des Letzteren, die ihn in einen endlosen Schlamassel hineinzog. Sein Problem war, dass er's sich gern gut gehen ließ und die Frauen liebte, und zwar so sehr, dass er nicht auf sie verzichten mochte. Einmal brüstete er sich sogar damit, mehr als selbst König Salomon gehabt zu haben, der, schenkt man der Bibel Glauben, lediglich mit tausend geschlafen haben soll.

Bruno glaubte an stete Wandlung in der Natur. Immer wieder betonte er: «*Nihil annihilat*», in dem Sinne, dass nichts wirklich vergeht und alles wieder an seinen Ausgangspunkt zurückkehrt. Sinngemäß sagte er: «Gehen, schwimmen, lieben, wachsen, fühlen, leben und sterben sind nichts anderes als eine ständige Bewegung im Kreis.» Eine Auffassung, wie wir sie von Heraklit mit seinem *panta rei* kennen.

Giordano Bruno war nicht unbedingt das, was man einen schönen Mann nennt. Dafür muss aber seine Redegabe umso eindrucksvoller gewesen sein. Ergriff er das Wort, zog er im Nu alle Zuhörer in seinen Bann.

Mochte die beachtliche Zahl seiner Fleischessünden nun übertrieben sein oder nicht, jedenfalls war er gezwungen, die Kutte abzulegen und sich auf eine Laufbahn als Philosophielehrer zu konzentrieren. Zunächst fand er eine Anstellung in Novi Ligure, dann, nacheinander, in Turin, Venedig und Padua, wo ihn einige Mönche dazu bewegten, wieder ins Kloster einzutreten.

Doch auch dieses Mal war sein Mönchsleben nur von kurzer Dauer. Schließlich beschloss er, Italien ganz den Rücken zu kehren und sich zunächst in Genf niederzulassen (wo er sich bald mit den Calvinisten anlegte) und dann in Frankreich, wo ihn König Heinrich III., der von Bruno als Magier mit einem formidablen Erinnerungsvermögen gehört hatte, an seinen Hof berief, um sich von ihm in der Gedächtniskunst unterweisen zu lassen.

Aber auch in Paris lief es leider nicht gut für ihn: Es kam zu Streit mit seinen Studenten, der fast in Handgreiflichkeiten endete. Und außerdem brachte er den Klerus und die Professorenschaft der Sorbonne gegen sich auf, indem er die Komödie *Candelaio (Der Kerzenmacher)* verfasste, in der er die Herrschaften kräftig durch den Kakao zog. Überhaupt war Bruno in jener Zeit sehr produktiv. Innerhalb weniger Jahre erschienen seine Werke: *De umbris idearum*, in dem er auf Platons Höhlengleichnis Bezug nahm, dann *La cena de le ceneri (Das Aschermittwochsmahl)*, das *De la causa, principio et uno (Von der Ursache, dem Prinzip und dem Einen)*, *De l'infinito, universo et mondi (Vom Unendlichen, dem All und den Welten)*, *Spaccio de la bestia trionfante (Die Vertreibung der triumphierenden Bestie)*, *Cabala del cavallo pegaseo*

(*Die Kabala des Pegasus*) und *De gli eroici furori* (*Von den heroischen Leidenschaften*).

Gezwungen, Frankreich zu verlassen, reiste er nach England, wo er unter anderem Königin Elisabeth kennen lernte. Eigentlich überflüssig zu erwähnen, dass er auch in London mit allen herumstritt, insbesondere mit dem Rektor des Lincoln College. So kehrte er irgendwann nach Italien, genauer nach Venedig zurück, wo er von einem bekannten venezianischen Patrizier, einem gewissen Giovanni Mocenigo aufgenommen wurde.

Kurzum, für alle, die es noch nicht gemerkt haben, Bruno war ein schwieriger Charakter. Niemals erlebte man, dass er sich einem Einwand gebeugt und sich in einer Auseinandersetzung um einen Kompromiss bemüht hätte. Mit seinen Erkenntnissen auf dem Gebiet der Astronomie brachte er die gesamte kirchliche Obrigkeit gegen sich auf. Er war nämlich überzeugt, die Erde sei nur ein winziges Steinchen irgendwo im Universum und es gebe Planeten wie den unseren zu Tausenden, ja Millionen. Und solche Vorstellungen reichten in jener Zeit eben schon, um sich den Vorwurf der Ketzerei zuzuziehen.

In Venedig nun entpuppte sich Mocenigo bald schon als das, was er tatsächlich war, nämlich ein großer Gauner. Er hatte Bruno nur bei sich aufgenommen, um von ihm die Mnemotechnik, also die Kunst des Erinnerns, zu erlernen, aber als er dann bemerkte, mit wem er es zu tun hatte, machte er sich, dem Rat seines Beichtvaters folgend, auf, ihn bei der Heiligen Inquisition anzuschwärzen. Nun muss man wissen, dass die kirchliche Gerichtsbarkeit zu jener Zeit ungefähr das Schlimmste war, was man sich vorstellen kann, nicht zuletzt, weil zum Verhör auch wie selbstverständlich die Folter gehörte. Und der bedauernswerte Giordano Bruno hatte nun einen neunmonatigen Prozess in Venedig und sieben Jahre Kerker in Rom zu erleiden.

Sein ärgster Widersacher war dabei Kardinal Bellarmino, ein Kirchenfürst, der vom Christentum alles wusste bis auf das Gebot, dem Mitmenschen nicht das anzutun, was man selbst nicht erleiden möchte. Dieser Bellarmino studierte nun gründlich alle Veröffentlichungen Brunos und nagelte ihn schließlich auf vier Anklagepunkte fest: Erstens, er glaube nicht an die Eucharistie, zweitens, er glaube nicht an die Heilige Dreifaltigkeit, drittens, er vertrete eine Vielfalt der Welten, und viertens, er glaube an eine Seelenwanderung vom menschlichen zum tierischen Körper. Außerdem sollte Bruno auch beichten, des Freitags Fleisch verzehrt und mit zahllosen Prostituierten verkehrt zu haben.

Und Bruno gestand alle Sünden des Fleisches, sowohl der Völlerei als auch der Ausschweifung. Doch als der Kardinal ihn aufforderte, seine Ansichten über Religion und Astronomie zu widerrufen, würdigte er ihn keiner Antwort. Giordano Bruno wurde zum Tod verurteilt. Als man ihm das Urteil vorlas, soll er ausgerufen haben. *«Mit größerer Furcht verkündigt ihr vielleicht das Urteil gegen mich, als ich es entgegennehme.»*

Am 17. Februar des Jahres 1600 wurde Giordano Bruno auf dem Campo de' Fiori in Rom bei lebendigem Leib verbrannt.

habe ich, um dieses Kapitel über ihn zu schreiben, das kleine Restaurant «Grottino» auf dem Campo de' Fiori aufgesucht. Ich sitze genau gegenüber der Statue, die man an der Stelle, wo er verbrannt wurde, errichtet hat, und beobachte ihn: Er hat den Kopf gesenkt, und es sieht fast so aus, als betrachte er seinen brennenden Körper. Wegen des Schattens, den seine Kapuze wirft, kann ich sein Gesicht nicht erkennen, aber ich vermag es mir vorzustellen. Er betrachtet sich und ist mit sich im Reinen.

Vor die Wahl gestellt, die Unwahrheit zu sagen oder in den Flammentod zu gehen, hat er sich für die Flammen entschieden.

Ich habe mich immer schon gefragt, ob man wohl sehr leidet, wenn man bei lebendigem Leib verbrannt wird. Der Tod als solcher schreckt mich ja nicht sonderlich. Was mich umtreibt, ist der Gedanke an die Schmerzen. Ist das Ende mit dem Ausknipsen eines Lichtschalters vergleichbar – gut, meinetwegen, das mag ja noch angehen. Aber wenn er mehr als zehn Minuten dauert, wird's schrecklich! Eine Reihe von Menschen haben sich beim Anschlag auf das World Trade Center in New York aus dem hundertsten Stockwerk gestürzt, nur um den Flammen zu entgehen. Ob sie so weniger gelitten haben? Ich weiß es nicht.

Über Giordano Bruno sind viele Biographien erschienen. Die beste aber, die knappste und treffendste, scheint mir die des römischen Mundartdichters Carlo Alberto Salustri, Trilussa genannt, zu sein.

Fece la fine de l'abbacchio ar forno
perché credeva ar libbero pensiero,
perché si un prete je diceva: «È vero»
lui rispondeva: «Nun è vero un corno!»*

* Sinngemäß: «Er endete wie ein Lammbraten im Ofen, weil er an Gedankenfreiheit glaubte und weil er, wenn ein Priester ‹Das ist wahr› sagte, mit ‹nix is wahr› antwortete.»

XXIII

Francisco Suárez und Luis de Molina

Längere Zeit konnte ich mich nicht entscheiden, ob ich Francisco Suárez (1548–1617) und Luis de Molina (1535 bis 1600) auch in diese kleine Geschichte der neuzeitlichen Philosophie aufnehmen sollte. Beide werden üblicherweise zu den so genannten «unbedeutenderen» Philosophen gezählt, eine Einteilung, die mir aber nie so recht gefallen hat. Weil ich mir überlegte, sie draußen zu lassen könnte vielleicht dem einen oder anderen spanischen Leser missfallen, habe ich ihnen schließlich dieses Kapitelchen gewidmet. Die beiden in diesem Zusammenhang vergeblich zu suchen, wäre wohl für einen Spanier so ähnlich, wie für mich, Giordano Bruno, der zwanzig Kilometer von Neapel entfernt zur Welt kam, nicht erwähnt zu finden.

Um nun aber Suárez und Molina richtig zu verstehen, muss man wenigstens einmal im Leben mit Jesuiten zu tun gehabt haben. Bei uns in Neapel gab es ein Jesuitenkloster, in dem die Patres jeden Sonntag Fußballturniere veranstalteten. Es waren die Vierzigerjahre, und wir Kinder nahmen die Gelegenheit zum Fußballspielen gerne wahr. Der Haken war nur, dass die Jesuiten als Gegenleistung vor dem Spiel den Besuch der heiligen Messe von uns erwarteten. Und diese Messe wollte kein Ende nehmen. Sie dauerte ewig, aber genauso ewig war unsere Lust auf Fußball, und so hielten wir bis zum *Ite missa est* durch.

Damals hatte ich manchmal den Eindruck, in eine fanatische Sekte geraten zu sein. Nie im Leben wäre es mir in den Sinn gekommen, bei einem Jesuiten zur Beichte zu gehen. Ich bin sicher, zumindest für meine unkeuschen Handlungen hätte ich keine Vergebung gefunden. Warum ich das alles erzähle? Nun, weil sowohl Suárez als auch Molina Jesuiten waren.

Zu jener Zeit hatte die mittelalterliche Scholastik ihre Bedeutung fast vollkommen eingebüßt und die Vernunft den Glauben überflügelt. In dieser Situation waren es nun eben Suárez und Molina, die das Denken eines Thomas von Aquin (Thomismus) neu belebten und die Scholastik zu einer letzten Blüte führten. Eine Scholastik, die nun nicht mehr nur die kirchliche, sondern auch die weltliche Macht anerkannte. Wurde Erstere direkt von Gott verliehen, so ging Letztere vom Volk aus. Und was war mit dem König? Für Suárez und Molina zählte der gar nichts mehr: Gott war demnach dem Volk übergeordnet, und das Volk seinerseits wiederum dem König. Als Anhänger der orthodoxen katholischen Lehre glaubten die beiden an die Willensfreiheit des Menschen, weswegen sie sich auch entschlossen von Luther und den Calvinisten distanzierten.

Francisco Suárez schrieb die *Disputationes metaphysicae (Metaphysische Streitgespräche)*, einen Aufsatz über die *Doctrina politica (Lehre der Politik)* und das Buch *De vera intelligentia (Von der wahren Erkenntnis)*.

Luis Molina hingegen verdanken wir das Werk *Vereinbarkeit der Willensfreiheit mit den Gnadengaben, dem göttlichen Vorauswissen, der Vorsehung, Vorausbestimmung und Verdammnis*. Um zu wissen, was drinsteht, reicht es, den Titel zu lesen.

XXIV

Francis Bacon

Hätte Francis Bacon die Gelegenheit gehabt, einen Werbespot für seine Bücher zu drehen, hätte er ihm sicher seine berühmten Worte vorangestellt: «Wissen ist Macht». Im 16. Jahrhundert verhielt es sich in der Tat so, dass die Wissenden befahlen und die Unwissenden gehorchten. Er, Bacon, war ein Mensch, der über großes Wissen verfügte und daher befehlen konnte. Gegenüber dem Mittelalter hatte sich seine Welt radikal verändert: Das Schießpulver, die Erfindung des Buchdrucks und der Kompass hatten die Lebensverhältnisse der Menschen revolutioniert. Der Besitz von Gewehren war für ein Land damals mit dem Besitz von Atomwaffen heute vergleichbar. Man denke nur daran, wie die Spanier und Portugiesen in Südamerika vorgingen: Wenigen, mit Gewehren ausgerüsteten Männern gelang es, einen ganzen Kontinent zu erobern.

Francis Bacon (1561–1626) wurde in London als Sohn einer angesehenen Familie geboren. Sein Vater war kein Geringerer als Sir Nicholas Bacon, der Lordsiegelbewahrer Königin Elisabeths.

Mit zwölf Jahren schrieb er sich an der Universität in Cambridge ein, mit dreiundzwanzig wurde er Mitglied des Parlaments und mit sechsundfünfzig übernahm er das Amt seines Vaters am Hof der Königin. Er wurde zunächst Berater von Lord Essex, dann sein Alter Ego und schließlich sein Widersacher, kaum dass der Ärmste in Ungnade gefallen war.

Doch das Glück blieb auch ihm nicht immer treu: Im Jahr 1621 wurde er in seiner Eigenschaft als Richter der Bestechlichkeit angeklagt. Es hieß, er habe von einer der beiden streitenden Parteien Geld angenommen. Er verteidigte sich, indem er vorbrachte, auch von der anderen Partei Geld genommen zu haben, aber das reichte nicht, um sich die Anklage vom Hals zu schaffen. Vier Tage saß er dafür im Kerker.

Wer Bacon verstehen will, muss zunächst einmal den Unterschied zwischen *induktiver* und *deduktiver* Methode kennen. Nun, unter Induktion versteht man eine logische Überlegung, die von einer Einzelheit ausgeht, um zu einer allgemeinen Aussage zu gelangen. Und bei der Deduktion ist es genau umgekehrt: Man gelangt zum Besonderen, indem man es vom Allgemeinen ableitet. Ein Beispiel für induktives Vorgehen: Halina ist eine junge Nigerianerin, die in Italien lebt und als Prostituierte arbeitet. Ich kann also annehmen, dass alle jungen Nigerianerinnen, die in Italien leben, als Prostituierte arbeiten. Ein Beispiel für deduktives Vorgehen: Alle Nigerianerinnen, die ich kenne, arbeiten als Prostituierte, weshalb auch Halina, da sie Nigerianerin ist, eine Prostituierte sein muss.

Sie sehen schon, ich habe hier absichtlich zwei Fehlschlüsse als Beispiele vorgestellt, und zwar als Warnung, sowohl der Induktion als auch der Deduktion zu misstrauen. Besser ist es nämlich, sich alle Fakten einzeln anzuschauen und der Statistik nur dann zu vertrauen, wenn die untersuchten Fälle neunundneunzig Prozent übersteigen. Aber auch bei neunundneunzig Prozent würde ich noch nicht meinen Kopf für das Ergebnis hinhalten. Bertrand Russell erzählt, ein Interviewer einer Volkszählung habe einmal, nachdem er die ersten tausend Einwohner eines walisischen Dorfes befragt und dabei herausgefunden hatte, dass sie mit Nachnamen alle Williams hießen, seine Arbeit dort für beendet erklärt und sich einen Tag Urlaub genommen. Ein unverzeihlicher Fehler, denn es gab tatsächlich einen einzigen Einwohner, der nicht Williams, sondern Jones hieß.

Doch kommen wir nun zu unserem Philosophen zurück. Bacon liebte die Induktion und verabscheute die Deduktion und mit ihr die Syllogistik. Auch für die Mathematik hatte er nicht viel übrig, die fand er nämlich nicht experimentell genug. Für ihn war die aristotelische Logik keinen Pfifferling wert: viel zu deduktiv. Einen Gedanken wie «Wenn es eine Welt gibt, muss es auch jemanden geben, der sie geschaffen hat» konnte seinem Verständnis nach nur ein Ignorant äußern.

Eine große Gefahr sah Bacon in den «Idolen», den Trugbildern, von denen er vier verschiedene Arten unterschied:

– Die *Trugbilder der Gattung*, die dem ganzen Menschengeschlecht gemeinsam sind und uns von unserem Unterbewusstsein untergejubelt werden.

– Die *Trugbilder der Höhle*, in Anspielung auf das Höhlengleichnis von Platon, als Folge der Tatsache, dass wir diesem zufolge nicht die Ideen erkennen können, sondern nur deren Schatten. Dadurch haben wir also eine verzerrte Wahrnehmung der Realität, die uns umgibt.

– Die *Trugbilder des Marktes*, die durch gesellschaftliche Vorurteile und all das, was die Mehrheit denkt, bedingt sind.

– Die *Trugbilder des Theaters*, die auf falschen Philosophien und den Gedanken irregeleiteter Autoren beruhen.

Bacons wissenschaftliche Methode bestand aus zwei Teilen: der *pars destruens*, also der Befreiung von den Trugbildern, und der *pars construens*, dem Sammeln von Fakten nach gezielten Fragestellungen, um daraus eine Schlussfolgerung auf die Wahrheit oder Falschheit der Annahmen zu ziehen.

Nun muss ich ehrlich sagen, dass ich Bacon auch nicht in allen Punkten zustimmen kann. Gäbe es keine Deduktion, könnte ein Großteil jener Wissenschaft, wie wir sie in der Schule gelernt haben, den Laden dichtmachen. So war Bacon, obwohl er doch die Naturwissenschaft liebte, auch Kopernikus und Kepler nicht grün, weil diese den Aufbau des Universums eben aus der täglichen Beobachtung des Sternenhimmels abgeleitet (deduziert) hatten.

Berühmt geworden ist seine Metapher über die Ameisen, Spinnen und Bienen. Die Empiriker, sagt Bacon, seien wie die Ameisen, die wahllos alles, was am Wegesrand liegt, aufsammeln. Die Rationalisten hingegen erinnerten an Spinnen, die aus sich selbst die Fäden hervorbringen, aus denen sie ihre Netze bauen. Die besten aber (also er selbst) seien die Bienen, die zwar auch sammeln, aber den Blütennektar gezielt in Wachs und Honig umwandeln. Man sieht schon, Bacon war nicht unbedingt das, was man einen bescheidenen Menschen nennt.

Er veröffentlichte der Reihenfolge nach die *Essays*, ein Buch *Über die Würde und das Wissen Gottes und der Menschen, Cogitata et visa, De sapientia veterum (Weisheit der Alten)*, das *Novum organon (Neues Werkzeug)*, eine *Historia naturalis (Naturgeschichte)* sowie posthum *Silva silvarum (Wald der Wälder)* und *Nova Atlantis (Neu-Atlantis)*.

Apropos Bacon

fiel mir jene alte Theorie wieder ein, die irgendwann mal in die Welt gesetzt wurde und besagt: Shakespeares Werke habe in Wahrheit nicht dieser selbst, sondern Francis Bacon geschrieben. Die Epoche würde ja schon mal stimmen: Ende des 16., Anfang des 17. Jahrhunderts. Und die Qualität der Dramen, so hieß es, spräche erst recht für Bacon als Urheber. Was sei dieser Shakespeare denn schon gewesen? Ein kleiner Schauspieler, sonst nichts. Deswegen müsse man sich fragen: Wie soll solch ein fahrender Komödiant siebenunddreißig Dramen, darunter solche Meisterwerke wie Romeo und Julia, Othello *oder* Hamlet *geschrieben haben? Allein schon einen Vers wie* «Sein oder Nichtsein …» *könne sich nur ein echter Philosoph einfallen lassen. Warum solle also nicht dieser Geistesriese Bacon der Verfasser sein? So dachte mancher, und Umberto Eco hat der Frage sogar eine ganze Erzählung gewidmet. Sie trägt den Titel* War Shakespeare zufällig Shakespeare? *Wenn man sie liest, wird einem aber sofort klar, dass auch Eco selbst nicht an diese Theorie glaubt.*

XXV
Tommaso Campanella

Wer wie Telesio oder Campanella im tiefsten Süden aufwächst, kann unmöglich von der Natur, die ihn dort umgibt, unbeeinflusst bleiben. Und so waren Telesio wie auch Campanella in ihrer *sensualistischen* Einstellung davon überzeugt, dass ihre Heimat Kalabrien eine ganz eigene Seele habe, die sich von denen anderer italienischer Regionen grundlegend unterscheide. Ein Vergleich mit der Seele der Poebene etwa, nur um eine herauszugreifen, sei gar nicht möglich. Und das wird man sogar bestätigt finden, wenn man mal ein Jahr in der einen oder anderen Region lebt. Es ist spürbar. Aber abgesehen davon ist Campanellas Metaphysik noch metaphysischer als die von Telesio, wenn man das überhaupt so ausdrücken darf.

Tommaso Campanella (1568–1639) wurde in Stilo an der ionischen Küste Kalabriens geboren. Anfangs lautete sein Vorname eigentlich Giandomenico, doch dann beschloss er, sich zu Ehren des heiligen Thomas fortan Tommaso zu nennen. In der Schule aber riefen ihn die Kameraden Settimontano, und zwar wegen der sieben* Schwielen, die auf seiner Stirn prangten. Mit vierzehn Jahren trat er in ein Dominikanerkloster ein. Später versuchte er, sich als Magier

* Ital. *sette* (Anm. d. Übers.)

und Astronom ein Auskommen zu sichern, und wurde, wie nach Drehbuch, der Ketzerei beschuldigt. Und als wenn ihm das noch nicht gereicht hätte, setzte er sich nun auch noch für Galileo Galilei ein und verfasste eine Schrift mit dem Titel *Apologie des Galileo*.

Zwei Dinge waren es, die sein Leben zu einer Leidensgeschichte machten: seine politischen Aktivitäten und die Prozesse wegen Ketzerei.

Beginnen wir mit den politischen Aktivitäten: Campanella konnte die Spanier, unter deren Herrschaft Kalabrien stand, einfach nicht ausstehen. Um sie aus dem Land zu jagen, zettelte er eine ganze Reihe von Verschwörungen an. Dazu rekrutierte er Leute jeden Schlags: Banditen, Mörder und so weiter, aber auch eine Reihe von Mönchen, die das Klosterleben satt hatten. Alle waren sie ihm recht, wenn sie nur den spanischen Vizekönig ebenso hassten wie er selbst. Sogar Türken konnte er für seine Sache interessieren. Mit einer Flotte aus dreißig Galeeren, die auf offener See vor der Küste bei Stilo vor Anker ging, rückten sie an. Doch dabei blieb es; an Land gingen die Türken nicht, sondern zeigten sich nur, um ein wenig Schrecken zu verbreiten.

Das andere Problem waren die vier Prozesse wegen Ketzerei. Insgesamt brachte er es, in Neapel, Rom, Florenz und Padua, auf die traurige Zahl von siebenundzwanzig Jahren Kerker, zwischen denen nur kurze Unterbrechungen lagen. Bei den Verhören warf man ihm alle nur denkbaren Gotteslästerungen vor: Er habe die Existenz Gottes geleugnet, er glaube nicht an die Dreifaltigkeit, und er habe verbreitet, dass Jesus nicht Gottes Sohn und Maria gar keine Jungfrau sei. Dann, um das Maß voll zu machen, beschuldigte man ihn auch noch der Sodomie, des Pantheismus und des Glaubens an eine Beseelung auch der unbelebten Natur. Einem Todesurteil entging er nur, weil er sich wahnsinnig stellte. Sogar unter der Folter soll er gelacht haben, so dass die Folterknechte schließlich von ihm abließen.

Als er endlich frei war, floh er nach Paris und stellte sich unter den Schutz König Ludwigs XIII., der ihm nicht nur das Leben rettete, sondern ihn auch noch mit einer monatlichen Rente ausstattete.

Die Begegnungen, die in besonderer Weise Campanellas Denken beeinflussten, waren die mit Telesio und einem auf dem Feld der Astrologie bewanderten Rabbiner. So entstand seine Philosophie im Spannungsfeld zwischen dem Sensualismus Telesios und einem jüdischen Okkultismus. Daneben war Campanella aber auch Poet. Dutzende und Aberdutzende von Madrigalen schrieb er. Hier eines, in dem er seine Liebe zur Literatur erklärt:

In einer Hand voll Hirn leb ich; verschling
So viel, dass alle Bücher dieser Welt
Mich doch nicht können sättigen:
Wie viele aß ich! Und ich sterbe doch am Fasten.

Doch noch wichtiger als die Bücher war ihm die Natur. Das erklärt er ohne Umschweife in seiner Abhandlung *Über den Sinn der Dinge*:

Mehr lerne ich von einer Ameise oder einem Grashalm als aus allen Büchern, die von Anbeginn an durch die Jahrhunderte bis heute geschrieben wurden. Philosophieren bedeutet für mich, ein Buch zu lesen, das Gott geschrieben hat.

Für Campanella hat alles Sein eine Seele und spricht miteinander: «*Es gibt Pflanzen, deren Früchte Vögel werden, und es gibt Vögel, die mit den Sternen reden.*» Nicht selten sind für ihn auch Wissen und Geschmack, also die sinnliche Wahrnehmung, eins. «*Durch Geschmäcker* weiß *die Zunge*», sagte er einmal. Schließlich erklärt Campanella noch das Sein und dessen drei Ebenen: «*Wer kann, lebt; wer lebt, weiß; und wer weiß, liebt.*» Das hört sich tatsächlich fast mehr nach einem Poeten als nach einem Philosophen an.

Neben *Philosophia sensibus demonstrata*, *Über den Sinn der Dinge und die Magie*, *Reden an die Fürsten Italiens* und *Metaphysik* ist der *Sonnenstaat* sein bekanntestes Buch. All diese Werke sind im Kerker entstanden.

Der *Sonnenstaat* erhebt sich auf einem mächtigen Berg und ist in sieben riesige Kreise oder Ringe eingeteilt, die, entsprechend der Bahnen der sieben Planeten, von sieben Stadtmauern umgürtet sind. Ganz oben auf dem Berg steht ein runder Tempel mit einer von Säulen getragenen Kuppel, durch deren Öffnung in der Mitte das Tageslicht auf den Altar fällt. Der höchste Priester ist die Sonne. Die Fürsten neben ihr heißen Pon, Sin und Mor und stellen die Macht beziehungsweise die Weisheit und die Liebe dar, mit anderen Worten also die drei Voraussetzungen des Seins. Wie schon in Platons *Staat* befinden sich in Campanellas *Sonnenstaat* alle Güter in Gemeinschaftsbesitz.

Apropos Tommaso Campanella

erzählte mir der Historiker Lucio Villari, dass der Philosoph einmal sogar ein erotisches Gedicht geschrieben hat.

«Ist das wahr?», fragte ich nach.

«Aber ja», erwiderte er. «Wenn es dich interessiert, besorg dir doch die Anthologie ‹Acht Jahrhunderte italienische Lyrik vom heiligen Franziskus bis Pasolini.› Darin ist auch dieses Sonett von Campanella zu finden.»

Das tat ich, aber als ich das Gedicht dann las, verstand ich anfangs überhaupt nichts. Doch lesen sie selbst:

Das Gesicht meines Weibes, das allein
sich wahres Abbild Gottes auf Erden darf nennen,
und die Hand, ein Glück, das nicht fehlgeht,
im Bade zusammen, ein Anblick, gefällig und fromm.

Ich nahm das Wasser, tauchte hinein meinen Körper,
der zerschlagen nach langem Kriege
und großer Qual, die jeden Starken niederwirft,
und von eben jener Flüssigkeit so trank auch ich.

Wunder der Liebe, wie herrlich und rar,
Die Pein verflog und stärker wurd' ich,
Wunden und gebrochene Glieder wuchsen zusammen.

Und in mir spürend ihre träumende Schönheit,
jubelte mein Innerstes und ging über
auf sie, mein süßes Leben, vom Tod.

Dann gelang es mir aber, mit Unterstützung Professor Villaris, das Gedicht wenn auch nicht zu verstehen, so doch zu erahnen, was gemeint sein könnte.

Anscheinend traf unser Philosoph, als er eines Tages nach einem langen Krieg heimkehrte, seine Frau im Bade an. Obwohl er müde und zerschlagen ist, wartet er, bis sie die Wanne verlässt, um dann selbst hineinzusteigen. Und indem er in ihrem Wasser badet, stellt er einen unmittelbaren Kontakt zwischen seinem Körper und dem der geliebten Frau her. Aber damit nicht genug: Er trinkt auch jene Flüssigkeit, *also das Wasser, in dem sie gebadet hat.*

Und nun geschieht ein Wunder der Liebe, *das* herrlich ist und rar: Die Pein verflog, … Wunden und gebrochene Glieder wuchsen zusammen. *Zum Schluss, als er an die* träumende Schönheit *denkt, die er gerade gesehen hat, erledigt seine Hand, ein Glück, das nicht fehl geht, den Rest, das heißt, er beginnt, sich zu berühren.*

In diesem letzten Punkt ist Villari mit meiner Interpretation nicht einverstanden. Aber wenn es nicht so wäre, warum sollte sein Innerstes *sonst* jubeln?

XXVI

Galileo Galilei

So manch einer hat in seinem Leben irgendwann mal das Hobby «Fernrohr» entdeckt. Mich selbst befiel diese Leidenschaft mit geradezu manischer Heftigkeit gegen Ende der Vierzigerjahre. Ich war achtzehn Jahre alt und wollte mir unbedingt den Stern Sirius genauer ansehen. Leider hatte ich zu jener Zeit noch nicht einmal genügend Geld, um mir ein einfaches Fernglas leisten zu können. Heute hingegen, da es mir an Geld nicht mangelt, sorgen die Lichter der Großstadt dafür, dass ich absolut nichts erkennen kann. Aber so ist es im Leben: Wenn man kann, fehlt das Geld, und wenn endlich Geld fließt, kann man nicht mehr. Und das gilt nicht nur fürs Fernrohr, sondern für alle schönen Dinge dieser Welt.

Erfunden hat das Fernrohr Galileo Galilei (stimmt gar nicht, aber ich hätte es gern so). Der eigentliche Erfinder war ein gewisser Zacharias Janssen, ein jüdischer Optiker aus dem holländischen Middelburg. Fest steht aber, dass Galilei, als er erfuhr, «ein Flame (habe) ein optisches Gerät erfunden, durch welches entfernte Gegenstände nahe erscheinen», sich sofort daran machte, sich auch eins für den persönlichen Gebrauch zusammenzubasteln. Er selbst berichtet uns darüber in seinem Werk *Sidereus nuncius* (*Sternenbotschaft*) von 1610: *«Ich nahm ein Bleirohr von mehr als einem Meter Länge und setzte an dessen Enden je eine Linse, eine konkav, die andere konvex, doch alle beide flach auf der Innenseite. Daraufhin näherte ich ein Auge jener konkaven und sah alle Gegenstände mehr als sechzigmal vergrößert.»* Kurzum, Galilei war nicht der Entdecker, sondern der Wiederentdecker des Fernrohrs. Ihre höheren Weihen erhielt die Sache schließlich durch die Accademia dei Lincei, die dem Instrument die Bezeichnung Teleskop gab, was aus dem Griechischen kommt und «weitsichtig» bedeutet.

Galileo Galilei (1564–1642) kam in Pisa als Sohn des Musikers Vincenzo Galilei und der Hausfrau Giulia Ammannati zur Welt. Seine Eltern hätten es gern gesehen, wenn er Arzt geworden wäre, aber er war zu leidenschaftlich an Algebra und Geometrie interessiert, um sich mit Kranken beschäftigen zu wollen. Er verfasste eine hoch komplizierte Doktorarbeit über Gleichungen dritten Grades und schrieb auf Lateinisch eine Abhandlung über den «Schwerpunkt fester Körper». Im Jahr darauf veröffentlichte er die *La bilancetta (Die kleine Waage)*, eine Art Hommage an den großen Archimedes. Aber Vorsicht: Man sollte nun nicht glauben, Galilei sei stur auf die Mathematik und die Physik fixiert gewesen, denn er widmete sich auch humanistischen Studien und hielt zahlreiche Vorlesungen an der Akademie in Florenz, so über *Das befreite Jerusalem* Tassos und das *Inferno* von Dante. In gewisser Hinsicht folgte er dem Weg, den auch Leonardo da Vinci seinerzeit gegangen war. So schrieb er einen Aufsatz über Militärarchitektur, eine «Abhandlung über Befestigungsanlagen», eine «Abhandlung über Kugeln» und «Untersuchungen zur Mechanik».

Der tägliche Gebrauch des Teleskops ermöglichte es ihm, die Richtigkeit der kopernikanischen Thesen zu überprüfen. Dazu verfasste er dann vier Briefe, die so genannten «Kopernikanischen Briefe», von denen einer an den Kollegen Johannes Kepler gerichtet war. Sein bedeutendstes Werk war aber der *Dialog*. Darin lässt er drei Personen auftreten: Simplicio, Salviati und Sagredo. Der Erste vertritt das Weltbild von Ptolemäus, der Zweite die Erkenntnisse von Kopernikus, und der Dritte agiert als interessiertes Publikum, das darauf brennt, Neues zu erfahren.

Leider wurde der *Dialog* aber auch in den höheren Kirchenkreisen gelesen, und damit begannen die Schwierigkeiten. Im Mittelalter waren der Kirche ja sogar schon Brillen verdächtig vorgekommen. Was musste sie da erst von einem Fernrohr halten? «Der Herr unser Gott», erklärten die Geistlichen, «hat uns Augen gegeben, damit wir das sehen können, was wir sehen müssen. Alles andere haben wir durch die Augen des Glaubens zu betrachten.»

Durch sein Fernrohr aber beobachtete Galilei Hunderte mit bloßem Auge nicht erkennbarer Sterne, entdeckte, dass der Mond nicht, wie man immer angenommen hatte, flach und glatt ist, dass die Spektralnebel keine Wolken sind, sondern aus Myriaden von Sternen bestehen, und dass der Jupiter vier Monde hat. Diese Monde nannte er nun, zu Ehren des Medici Cosimo II., Mediceische Sterne. Schließlich legte sich Galilei auch noch mit Luther an, der Kopernikus als «lausigen Astronomen» bezeichnet hatte, nur weil Josua in der Heiligen Schrift nicht der Erde, sondern der Sonne befiehlt, in ihrem Lauf innezuhalten.

«Astronomie und Glaube», stellte Galilei nun klar, *«sind keine Gegensätze: Es kommt nur darauf an, dass jede Disziplin*

in ihrem Bereich verbleibt. Ziel des Glaubens ist es, Seelen zu retten, Ziel der Astronomie, das Universum zu erforschen. Man kann an Gott glauben und gleichzeitig davon überzeugt sein, dass sich die Erde um die Sonne dreht.»

Im Jahr 1615 wurde er vor Gericht gestellt und zu lebenslanger Haft verurteilt. Nur seiner Freundschaft zu Papst Urban VIII. (Maffeo Barberini) hatte er es zu verdanken, dass die Strafe in Hausarrest umgewandelt wurde, den er im Haus des Erzbischofs Piccolomini verbüßen sollte, allerdings nur unter der Voraussetzung, dass er fortan nichts mehr über die Bewegungen der Erde schreibe und das Wort Universum nicht mehr öffentlich in den Mund nehme. Sein Gegenspieler war der Kardinal Bellarmino, eben jener, der schon Giordano Bruno und andere Gelehrte bis zum bitteren Ende verfolgt hatte.

Galilei heiratete und hatte drei Kinder: Virginia, Livia und Vincenzo.

Erstere wurde Nonne, unter dem Namen Maria Celeste, und starb bereits in der Blüte ihrer Jugend. Für Galilei war dies der größte Schmerz seines Lebens, denn Vater und Tochter waren sich stets eng verbunden gewesen, gerade auch in der schwierigsten Zeit der Prozesse. Er liebte sie von ganzem Herzen, und sie bewunderte ihn.

In den letzten Lebensjahren verlor Galilei sein Augenlicht und konnte nur noch mit Hilfe seiner Schüler Evangelista Torricelli und Vincenzo Viviani das Haus verlassen. Als sein Lehrer starb, schrieb Letzterer: «Gott hat ihn zu sich gerufen, damit er von nahem alle Wunder betrachten kann, die er im Laufe seines Lebens mit solcher Leidenschaft zu erkennen versuchte.»

Acht Jahre zuvor war Galileo Galilei gezwungen gewesen, öffentlich seinen Überzeugungen abzuschwören. Im Folgenden Wort für Wort, was er damals sagte:

Ich Galileo, Sohn des Vincenzo Galilei aus Florenz, im Alter von siebzig Jahren persönlich vor Gericht erschienen und vor Euch, höchstverehrte Patres und ehrwürdigste Exzellenzen kniend, mit den heiligen Evangelien vor Augen, die ich nun mit Händen berühre, schwöre ich, jederzeit all das geglaubt zu haben, was die Hochheiligste Apostolische Kirche lehrt. Ich verfluche und verabscheue meine Irrtümer und schwöre, in Zukunft nie mehr, weder in Wort noch Schrift, solche Ketzereien zu behaupten.

Dann soll er noch ganz leise jene berühmten Worte gemurmelt haben: «*Und sie bewegt sich doch.*»

haben mich immer schon seine Forschungen zu den Fallgesetzen fasziniert. Die alten Griechen waren ja überzeugt, die Fallgeschwindigkeit eines Körpers hänge von seinem Gewicht ab. Je schwerer er sei, lehrte Aristoteles, desto weniger Zeit brauche er, um unten anzukommen. Galilei hingegen entwickelte nun eine These, die dem genau entgegengesetzt war: Die Fallgeschwindigkeit eines Körpers, sagt er, sei immer gleich. Was sich ändere sei nur die Umgebung, in der er falle. Das heißt, im Wasser falle er ziemlich langsam, in der Luft schon schneller, am schnellsten aber im luftleeren Raum. Haben wir den Eindruck, ein Stein falle schneller als eine Feder, dann nur deshalb, weil die Feder einen größeren Widerstand zu überwinden hat. Ließen wir alle beide, den Stein und die Feder, in einem Vakuum fallen, dauerte es bei beiden gleich lang, bis sie den Boden erreichen.

Zu Anfang war es nur eine Eingebung. Doch Galilei war ein Mensch, der nur seinen Spaß hatte, wenn es etwas zu experimentieren gab. Also beschloss er, einige Versuche anzustellen. Doch wie sollte er das mit dem Fall im luftleeren Raum hinbekommen? So einfach lässt sich ein Vakuum ja nicht herstellen. Und so kam er auf die Idee, eine schiefe Ebene könnte ihn vielleicht weiterbringen. Denn würde er den Fall eines Körpers verlangsamen, wäre es ihm möglich, genaue Messungen anzustellen. So baut er sich also mit einem Holzbrett eine geneigte Fläche und lässt nacheinander Metallkugeln von gleicher Größe, aber verschiedenen Gewichts darauf hinunterrollen. Die Zeit, die sie dazu brauchen, misst er mit einer Wasseruhr, die er selbst erfunden hat: Während die Kugeln rollen, lässt er Wasser aus einem

Eimer laufen und misst, wie viel sich während des Vorgangs in einem Glas darunter gesammelt hat. Er selbst beschreibt sein Experiment:*

Auf einem Lineal, oder sagen wir auf einem Holzbrette von zwölf Ellen Länge bei einer halben Elle Breite und drei Zoll Dicke, war eine Rinne von etwas mehr als einem Zoll Breite eingegraben. Durch diese ließ ich, nachdem ich das Brett bei einer Seite angehoben hatte, eine sehr harte, völlig runde und glatt polierte Messingkugel laufen und verzeichnete die Fallzeit für die ganze Strecke.

Und weiter:

Zur Ausmessung der Zeit stellte ich einen Eimer voll Wasser auf, in dessen Boden ein enger Kanal angebracht war, durch den ein feiner Wasserstrahl sich ergoss, der mit einem kleinen Becher aufgefangen wurde. Häufig wiederholte ich den einzelnen Versuch, zur genauen Ermittlung der Zeit, und fand gar keine Unterschiede, auch nicht einmal von einem Zehntteil eines Pulsschlages.

Und so fand er also, indem er lange hin und her probierte, heraus, dass die Fallgeschwindigkeit nicht vom Gewicht des Körpers abhängt, sondern vom Neigungswinkel der schiefen Ebene.

Tja, und so stelle ich mir nun Galilei vor: im Morgenman-

* Vgl. Galileo Galilei, *Unterredungen und mathematische Beweise über zwei neue Wissenszweige zur Mechanik und zur Lehre von den Ortsbewegungen*

tel vor einem Holzbrett stehend, in der einen Hand eine Messingkugel und in der anderen ein Lineal, um den Wasserstand in dem Gläschen zu messen.

Namenverzeichnis